U0947249

孟遇汉摩西

本心◎著

清華大學出版社
北京

图书在版编目(CIP)数据

玉遇汉泽西 / 本心 著. —北京：清华大学出版社，2018
ISBN 978-7-302-50446-7

Ⅰ. ①玉… Ⅱ. ①本… Ⅲ. ①随笔—作品集—中国—当代 Ⅳ. ①I267.1

中国版本图书馆 CIP 数据核字(2018)第 128335 号

责任编辑：王燊娉 张雪群
封面设计：赵晋锋
版式设计：方加青
责任校对：牛艳敏
责任印制：杨 艳

出版发行：清华大学出版社
网 址：http://www.tup.com.cn，http://www.wqbook.com
地 址：北京清华大学学研大厦 A 座 邮 编：100084
社 总 机：010-62770175 邮 购：010-62786544
投稿与读者服务：010-62776969，c-service@tup.tsinghua.edu.cn
质 量 反 馈：010-62772015，zhiliang@tup.tsinghua.edu.cn
印 装 者：小森印刷（北京）有限公司
经 销：全国新华书店
开 本：148mm×210mm 印 张：5.625 字 数：111 千字
版 次：2018 年 8 月第 1 版 印 次：2018 年 8 月第 1 次印刷
定 价：55.00 元

产品编号：080011-01

本心不雕那种很“光”的东西，总是随形随料，保留石头生命岁月的痕迹。渐渐地，她也以这种随心随性的态度，雕刻着自己的生活。

有痕迹的岁月才有味道

京郊一个临马路的自动红色铁门缓缓开启，电话里传来本心温和的声音：继续向前走，把车开到后院来。

后院很大，草木间是错落的木亭木桥木台，拥着一个水花四溅的池塘，水声响亮地在睡莲身侧跌落。坐在门廊改成的玻璃房里，院子里的风景尽收眼底。喝茶的时候，一边是房间里回旋盘绕的轻歌曼曲，一边是院子里直截了当的飞花碎玉，甚是相宜。

对于做玉石雕刻的本心来说，万物皆是她灵感的来源。前些日子，本心发了一条微信：“水里的睡莲开了，拍照的

时候发现水塘里工人随意涂抹的泥墙竟然美得无法形容……”照片里泥墙的肌理果然有些太湖石的味道。这就是本心眼里的世界，没事的时候她能安静地看上很久。

“以前看东西只是看见了，现在因为要雕刻，观察变得特别细致。比如，蚂蚁的腿是从腰上长出来的还是从肚子上出来的？还有蝉、虾、蟹……”像是一个随时准备写生的学生，“所有匆忙中感觉不到的味道都出来了，就好比人安静下来吃素，在素中吃出了甜的味道。”而一年四季荷花如何开放又如何凋谢，荷叶和莲蓬从绿到黄到黑，每一次形态和色彩的变化更是被本心从眼里看到心里，再在某一个时刻传达到手上，手中的玉雕无论写意还是具象，都有了形神兼备的味道。

本心雕玛瑙也雕南红，但最喜欢的是和田玉戈壁料。亿万年的山体崩碎，石料滚落，被砂石打磨，形成斑驳的纹路。在本心看来，最无与伦比的美恰恰是这些纹路。雕刻的时候，她总是千方百计保留这岁月的痕迹。有一款《神话》，刻的是戴头盔的古代武士的头像，头盔随形保留着石头原本的皮色凹凸，像是在古崖上雕刻而出，也像武士凝眉千年，终于化成永恒的石头。玉石原本的温润赋予武士生命，生命里是呼之欲出的久远的苍凉。

一块石头在手，她已经开始了与它的对话，而最理想的对话，是双方精神的对接。人为石代言，石也为人表达。本心不雕那种很“光”的东西，总是随形随料，巧妙地保留璞玉天然的皮色纹路——这赋予石头生命岁月的痕迹。渐渐地，她也以这种随心随性的态度，雕刻着自己的生活。

寻找生活的方向

本心一身素白，脖子上挂着两串玉石项链，一串是最近开发的饰品，纯手工编绳，选沁色的仿古玉做成有原始感的小圆柱和方柱，不对称地串在绳上，中间还配了一只南红的小圆环，形色协调，古意盎然，又颇具现代感。另一串是她的早期创作，红紫相间的四川南红吊坠，雕了一对小如意。做工有些粗糙，却自有一种稚拙，那是本心自己的痕迹。“如果不是走到今天，你其实不知道自己想过的生活是这样的。”

本心写过一本书——《会走的夫妻树》，记录了她放下传媒文化公司高管的工作，陪先生一起穿越中国的经历。

先生要自驾去西藏，本心不放心，于是，决定放下工作，和他一起实现愿望。34 天，11 000 多公里。这是一场命中注定的旅行，回来以后，本心下了最后的决心——辞职，做妈妈，过自己喜欢的与艺术有关的生活。

本心从小爱画画，爱雕粉笔人，小时候用粉笔雕唐僧师徒，参加成人组的比赛还获过奖。即使在做职业经理人的时候，业余时间她都在学油画，甚至去给艺术家做义工。就像旅行是先生的梦想，艺术则是本心的梦想。

她房子里满墙的画，是她探索艺术化生活的痕迹。辞职后她画画，和朋友开艺术馆，还组织了一个“会走的树”大型巡展项目，带着创作写生队伍描绘中国被遗忘的古老建筑，然后在全国各地做展览，还计划跟国际接轨……

但这辛苦的“折腾”真的是她想要的生活吗？每天起早贪黑策展、联系艺术家、布展……书画市场不景气，还要自己不断投入资金，孩子丢在家里没人照顾，先生也不理解……年纪轻轻的她生出了白发，她开始困惑，为什么做艺术也不快乐呢？

那天，她到先生的公司，就是这个京郊的大院子，本来闲置的后院是她打算做工作室的，她被眼前的荒芜震惊了，太久没来打理。她意识到，这个院子需要她，她又何尝不需要这里呢？她找来工人，挖了池塘，建了亭子，种了花草，又将一排空置的办公室隔出三间，做了玻璃隔断，一样一样精心布置起来。“感觉立刻不一样了，觉得这个环境就是属于自己的，可以潜心创作了。”

她和先生都酷爱石头，从西藏到云南，到江西，到安徽……石头是他们最美好的旅行留念。因为喜欢，她很早就去学了玉石雕刻，但只学了半个月的工具使用，就开始自己雕着玩，给名字叫鱼儿的女儿雕几条小鱼，给先生雕一朵荷花一叶芭蕉，也成为颇受朋友们欢迎的礼物。有一天，先生说，你做玉雕比画画更有感觉。

那一刻，她知道她找到了生活的方向。

用真爱守护本心

每天早晨起来，本心把 9 个月大的小女儿托给保姆，送 4 岁的大女儿去幼儿园，便到距家六七公里的工作室工作。中午回家给小女儿喂奶，下午再工作两小时，就去幼儿园接大女儿，晚上的时间全部用来陪伴家人。

本心雕刻下手快效率高。但这一切是建立在前期漫长的琢磨之上的，那是最幸福也最纠结的时刻。每一块喜欢的石头，都让她对这大自然的礼物心生敬畏，如何下刀才能既保留石头本来的精神，又赋予它新的含义呢？草木有本心，石头也有本心，本心希望自己的每一件作品都能让人看到本心。

2016 年 6 月 25 日，本心在北京展出她近两年创作的和田玉和玛瑙的艺术首饰、玩件等四十多件作品。在题为“草木本心”的展览中，有三件作品是获得过当年中国玉器“百工奖”的，一款《真爱的守护》打动了很多人——用非洲南红刻成的瑞兽环绕的庭院，院里透出温暖的红色灯光——是南红本身自然的橘红。本心说，有灯光的家才是有真爱的家。

从某种意义上来说，本心雕刻的也是自己的家。她和先生以对对方的高度认可完成真爱的守护。她对他“随遇而安”，“不懂也可以随，如果对着干，枝就容易折断，顺着的话，很舒服就过去了”。好比跟他去旅行，随顺的是对方，收获的一切却属于两个人。而对他来说，她雕刻石头，是为喜欢石头的他提供了一个心灵安放处。经营生意之余，他包下了买料的全部工作，还会为她的方案出谋划策。大女儿喜欢画石头，也喜欢帮妈妈洗刷石头。一家人与有灵魂的石头共处，遵从本心，享受安静而纯粹的幸福。

苏　容

中国妇女杂志社首席编辑

2018 年 3 月

推荐序二／琢者之心

说石，谈玉，就得讲一讲本心女士。本心，真名王荣，珍惜友谊，把心用在对生活和艺术对称的执拗上，做事总是摆脱琐事，勇气从自己出发，一个行动与沉思者就是这样开始的。然而对于我来讲，说玉是冒险的，心里缺乏一种适存感，担心说不出玉比王多一点的光芒来，也许这一点是月光升起，是霞光云彩的世界，是万物都长眼睛的凝固火焰。

玉是人类梦想的开始，编织出神话、起源传说和爱情的冰洁如玉，在时间铸造出结实岁月之前，它是王者的镇定、仕者的狂歌。然而对于本心女士来讲，每一块玉石在她心里都能探讨出意味，这眺望惊叹之心正是琢者之心让石头从明日跳入昨日后复活至今日对自然作出的答复，让玉醒来，使神秘不再是幻觉，而是真实的存在，是一种宁静。

爱玉的姑娘定是骄傲的，琢者一定是在紧张的敏感、固执的偏爱里接近欢乐。她定要把内心的光通过石头传出来。琢碰石头的心魂很简单，就是喜欢，每一次目见的瞬间使灵魂战栗，情感在风和水的转动中一圈一轮地琢出韵来，蔓延出恍然若失的象来，琢就是温暖，温暖的还有本心自己。

本心是一个真诚的人，生命里藏着信仰，文字里露出光环，绘画里隐匿着才情。她不因此而骄傲，只是说出心思，爱如草木本心，将草木之象藏入石头里，使人嗅到花草之香，并深深地记住自己是汉泽西的代言人。正如她在《竹海·风骨》里的吟唱："阳光只会照顾伤口 / 喝下去的水 / 都长成了……/ 从此爱懂得 / 都是相依相契的岁月风骨。"本心就是这样体会生命的。

本心对造物是因循与仿制，反匠心雕琢，用贴近天然的手法奏出一种接近自然的天籁音律，有着一颗悲悯纯然的赤子之心，诉说出至情与真诚。天然是一种自由的呼吸，一字一句，一刀一琢砰然落地，每一次触碰经本心手掌的石头都让人喜爱。真正的琢者从不玩弄游戏，会像诗人一样生活，每一个灵感都是在心灵雀跃后而生的，只有真的力量方可雕穿世间红尘，成为玉器并放射出生命之光，点亮诗者敏感的心灵。

本心的用情之真是贴近人心的，她心中的草木不是人间烟火，是歌者的贵、仕者的高尚面孔。她必然敞开的胸怀通向自由，通向喜欢的天真！这也符合玉。玉者绝不是仰望的心态，也不是凡夫俗子的幸福，玉者一定是一个脱俗、脱尘后舍去纠结缠绕的平和者，玉者的灵魂一定是受过佛心洗礼的温润、禅者养育后的平静、儒家教育后的正心，让理想幸福耀眼明亮。玉者之性是仕者风骨和大德正坐之态，觉海生慧，如般若，恰因果。也如本心自言："当空中飘过无数把雨伞 / 你昂头望天，眯起了双眼 / 你说。"这说明真诚的人一不怨，二不纠缠撕扯，挡住雨，遮盖起强光即可。只从识中有德，德中见性也，用心，用情，梦见岁月，使草木站立，在静中低语沉默，含着人间烟火修成赤子。

阳光正好的时候，云朵飘过的天空，挤满云，落下雨时，琢者也有矛盾，更有孤独，眷恋的仅仅是方寸之间。她写道："一个爱石的人，不属于自己，还有爱的分享。"这爱是对孤独的诠释。当孤独爱上高贵，灵魂眷恋也由此而生，灵魂的自由一定在安静的微笑里。

她在《行走与爱》里写道："生命里多了很多的行走，便多出更多的离别、思念、不安和珍贵来……因为总在归去来中，将情感不断隐藏和释放，便懂得了更多的珍贵都在当下……"拉伸的孤独是坚韧的，就能有爱抚平孤独。重复是企图接近真情，她在《会走的夫妻树》里不断用"行走""穿越"等词语，也写下："放眼的夜依旧是一曲沙石 / 亦或一滩怀旧的明月 / 知者可以独懂 / 一

些澎湃的心事 / 悄然在独自的时候 / 魅惑绽放……”

每一个琢者都心怀容颜，并在掌中朗朗映现，握住、捧起的都是玉知的孤独，玉遇的温柔。玉让人说不出，只是猜一猜琢者之心的情绪跳跃与沉潜，当心灵开始呼唤孤独时，一切都是真的住所，只有本真的心再一次击破孤独，让胸中的爱和友谊把沉寂根除，只留温润的抚慰。

琢者之心，要有怎样的安静，才可能在草木的幻影里拾梦，让风雨、雷鸣下的草木姿态复活？必有一种精神在孤独之上。生活里的枯燥不正是因为有自由、爱情、亲情、友谊才让人生丰富、丰沛、茂盛吗？世间最大的自由无不是驱走孤独，让灵魂喘息，这也是一位琢者必备的素养。这孤独的内质、自由的灵魂不正是诗的浩歌狂热，琢者用情、用真的修为吗？

本心曾这样写道：“不是这个世界的不安，骚动了我的生活，只是，我必须选择一种姿态，那是对我们心灵与精神的守护。”这也许正是琢者的信仰，是爱的另一种守护，明白放下执着的自在，自在即爱，小爱弘法，大爱苍生。但知玉想要玉遇必要有愚智的慈爱，心怀感恩，体恤苍生。她有诗曰：“唧唧唧唧 / 声音

断续敲打着窗户 / 眼神寻声的途中 / 恰一滴晨露滑落 / 于一朵昨夜悄然盛开的水仙 / 惊慌失措。”这正是草木本心之道，有心、有情之人才能呵护住一滴露珠，方能让弯曲的水仙惊慌失措，使万物清静相融，呈现出一种微笑。

玉遇便是用心体会，用心贴近，当打开的空间靠近真情时便可以取走爱，并能对朴素有所憧憬；当自由有了激情就有勇气超越自我，爱也就有了生命。从这点讲，本心女士是一个有爱的人，所以能琢出草木之象，让每一件作品都有自己的光泽。草木之意义就是贴近大地，本心就是真切的生命对轻重之选择。

我不能说得再多了，让本心自己说：

是时候停下来了

看看脚下的路

……

是时候离开家了

寻一回灵魂的天路

世间的路，其实都在人的心里……

高 宏

2018 年 5 月于宋庄工作室

推荐语

好几年前，最初认识的本心是一棵“会走的树”，一棵自驾走天涯的“树”。我们相约在厦门，一见如故，三生的缘分。她视我与内子为父母，我们也把她和家人当作自己的儿女。这棵“树”焕发青春活力，为艺术家作绿荫，是世上独一无二的佳树。她忠于自己善良、真实、纯朴的理想，健康地生活着，是我们心中时时引以为荣的骄傲！

——加拿大华人艺术家 虚白居士

在中华民族的历史长河中，玉器有 8300 年的发展史，源远流长、从未间断。美玉影响和塑造了中国人的品德和性格。新中国成立以来，一代玉雕艺术家们创作了许多经典的艺术作品，这些作品的共同特点是原创亲工，将创作灵感和创意融入艺术作品中。本心女士作为现代年轻玉雕艺术家，她原创亲工、视角独特、手法细腻，其创作的玉雕艺术作品具有丰富的想象力和独特的魅力，在诸多大展中荣获殊荣，是极具特色的艺术收藏品。

——玉雕专业委员会会长 马北辰

玛瑙玉石沁渗着地球的历程，带着神灵之气现于人间，本心将这自然界馈赠的灵气之石，倾注于浪漫之情，雕琢出神奇之心像，每一块石都体现出艺术家精深的思想。自然生成不可复制，艺术家的思想不可复制，在这个复制的年代，本心以纯净朴质之心创作出的每一件作品，永远是不可复制的。自然之心，浪漫之心，纯净之心，方为本心。

——甘肃省水彩画协会主席、国家一级编剧、导演 王旻极

本心的艺术策展视角是独特的，她的艺术探究更是深刻的；她在“会走的树”中发现着美，并以淡淡的文笔呈现着美；本心，是一个每时每刻都能够带给大家正能量的行者！仲夏，阳光沐浴着那棵“会走的树”。我们期待，本心的下一个作品！

——中国平遥微电影节、大型场景艺术表演《回到》系列总策划、总导演 黄东升

在这世上有一种最为凝重、最为浑厚的爱，叫相依为命。那是天长日久的渗透，是一种融入彼此生命中的温暖。草木本心原创艺术玉饰就是这个女子她的灵魂。

——一耕美术馆馆长 杨平飞

本心对艺术的执着与思考，自 2010 年以来一直影响着我对艺术的理解。她告诉我一个道理：我们都是生活在当下的一棵棵

“会走的树”。这个名字后来多次作为题目出现在我的讲座中。无他，只是我打心底认同这个命题而已。艺术源于生活高于生活，只有热爱生活，懂得静心生活的人才会拥有真艺术，她的玉雕件件有温度，就此一点已足矣。这就是艺术与设计的温度。

——兰州文理学院美术学院专业教师 车俊英

借《收藏》节目的瑞气，这些年认识了不少醉心于文化艺术的朋友，王荣便是其中之一。初次会面时，她的身份是策展人，为她的“会走的树”大型画展的丝路行忙碌。后来的交往，知道了她有着多个身份，都是艺术的。她对艺术的虔诚，对艺术家的尊重，对人的真诚和对事的严谨态度，让我真正理解了她谓之“本心”的含义：含蓄里透闪张力，纯朴中不枉优雅。由于再为人母的缘故，王荣的活动轴距被拉近且繁复。不忘艺术创作的她，在玉石琢磨上成就不菲，“草木本心”的主题附着在冰硬的玉石上，居然生发出了人性纯美的熠熠光辉。

——甘肃省广播电影电视总台主任编辑、《收藏》栏目制片人 王建虎

目录

汉泽西，生活与艺术的较量 —— 075

追随本心 —— 113

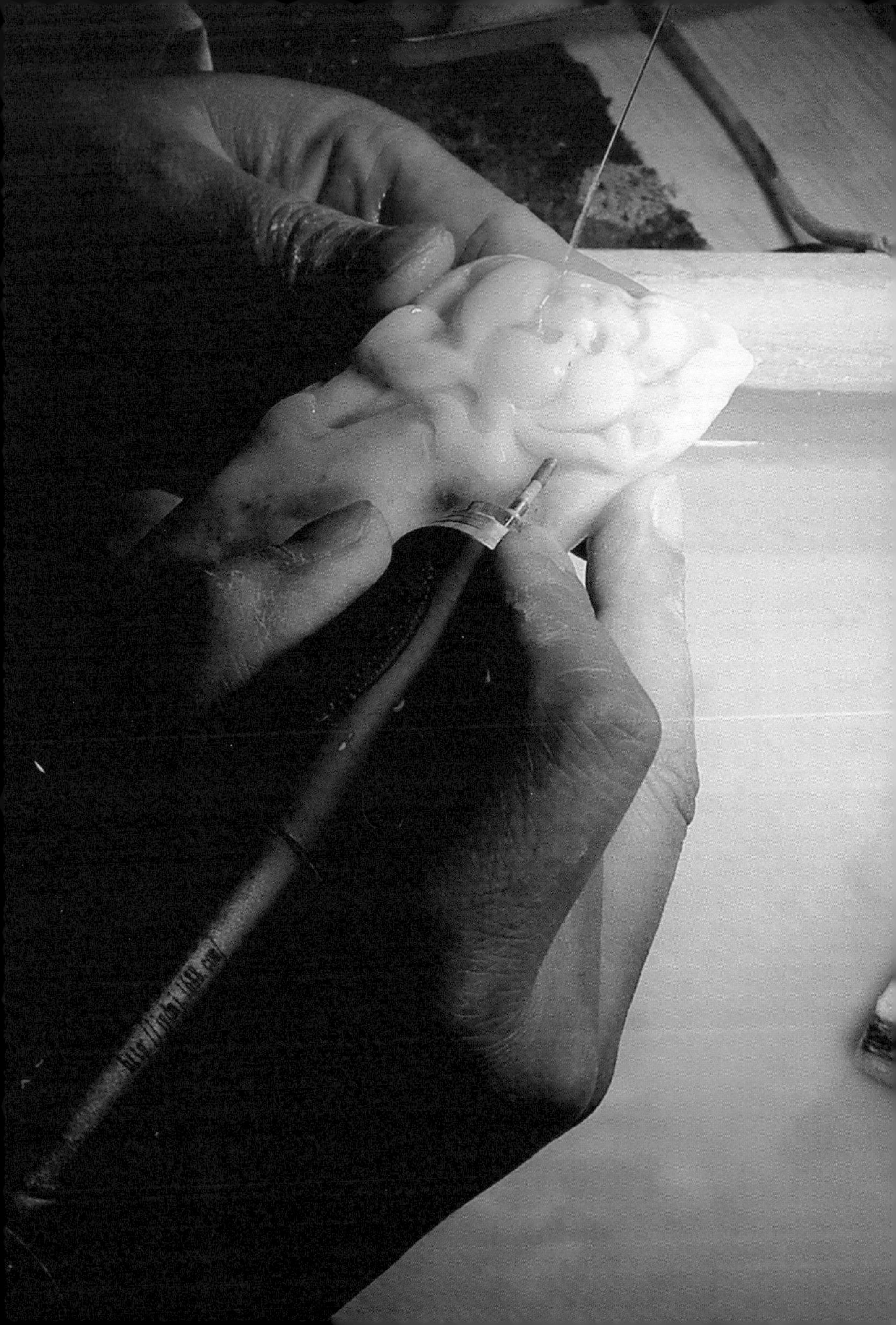

玉遇，
转身遇见另一个你

玉遇
因玉而遇见的美好

是一种自然蕴藏的缘起
可珍视
可回忆

琢玉和艺术
是缘遇自己的两次人生

读书与实践的体会

因为设计方案需要，我近日用糖玉磨了一颗长管形且不规则的珠子，打孔时，即使用专业打孔机都非常困难，因为太长，最后磨掉一点才算完成。

而书上记载 5300 年前的凌家滩人，竟然可以用直径不超过 0.07 毫米的管钻头在玉器上钻孔打洞，而且打的是在今天也属于高难度的“隧道孔”……

鉴定，就更是一件十分艰辛和寂寞的事。《时间的密码》作者雷岩平先生出身于古玩世家，即使从小就耳濡目染，后天又刻苦钻研，也有汗颜不已、大跌眼镜的时候。

所以，要时刻怀有敬畏之心，要有“易精其一，难精其二”的认知，要承受好东西无人能懂的寂寞，更要有自娱自乐的精神和忍耐孤独的坚韧。

这一点近几年我也有了一些感悟，但始终在各言其言的环境里保持着自己的初衷，艺术视角的探寻，和发自自然之心的趣味、超脱、想象等的表达。一件宝贝无须众人皆醉，只要遇到一个适合它的人，它就是有生命的、有价值的。我一直觉得真诚的交流很重要，包括和身边的师友，和跨界的认知，和古人的精神对话……

这世界无所谓皆大欢喜之说，只是知己者悦而已。

一个幸福满满的盘子诞生记

这件南红饰品名字的由来，是因为一个名叫“盘子”的小女孩。我是个对名字不敏感的人，很多人的名字我经常是问过几次还依然很难记住，唯独她的名字第一次知道就再没忘记。我和盘子妈曹英姿女士的友情是因为我的心灵游记《会走的夫妻树》一书。那时，书还是初稿，盘子妈熟悉出版，帮我校订文字，陪我去图书城看同类的书籍吸收改进意见，且不断交流，一直到我的书在清华大学出版社出版……

没有任何利益，对于她而言，完全是出于对我的文字有一种理解和喜爱。也许这就是缘分，或者是一种相知的情感。

前些天我转发了一篇文字，简而言之，就是人这一生，无论贫贱富贵，最值得珍惜的也许就是那个陪你喝茶交心的人。人生有一知己足矣，何况，路上，会遇到这么多相知相伴的同路师友呢！

不做职业经理人后，出于对艺术的深深喜爱，我选择做了艺术馆。那时，盘子妈每次展览都会出现，于我是一种喜爱，更是一种支持。

那日，她们全家开车跨半个北京城来看还有些虚弱的我和小宝时，我心里埋藏的是一种无言的感动。在偌大的北京城十多年的生活里，朋友似乎就和亲人一样，而且还多了精神交流的知懂。盘子妈喜欢我设计的艺术石头，更是“草木本心”忠实的收藏者之一。有时我并不阻止她的消费鼓励，这是一种接受的感恩。而

心里，我对她的感恩，是一种用心相对的知己情。

她很爱盘子，我也是。盘子的创意，还来源于多年前我收藏的南飞老师的艺术画作《一碗风景》，也借鉴了“盘中餐”一词的寓意，将传统观念里家人对孩子的爱和美好祝愿，赋予在她的名字里、生命中。没有什么是最重要的，除了健康、快乐、幸福的感受，那才是我们对她全部的爱……

作为阿姨，我不知会在她的成长中留下多少痕迹。但是，这件用心完成的、世上唯一的南红饰品，是属于她的，也是我能送她的最好礼物……

毓秀的理解

第一次见到这个词，我其实不是很理解，就像大家见到我设计的这个作品时一样。不理解也好，便留下了相知一场的空间，也留下了彼此可以探寻的际缘。探寻的过程，就是孕育的过程。好的作品需要积累，好的朋友需要交往，只有往来，才有心得体会，才有缓缓厚积的情分。

《如意》和田玉

人到中年，开始喜欢向一些朋友有所求助。因为懂得了，相交的过程是知懂的积累，也是可以存香的人生际遇酝酿的过程。年轻时，气盛，存了一些想法，要靠自己努力成为一个什么样的人，不求外，甚至，也不想依靠家人。这样一来，成功了或者生活得好了，似乎有骨气，表示自己很行。

况且，那个年纪，求人也不知如何回报，总觉得没给别人增加负担，很是“自豪”。慢慢地，生活确实变了，环境和经济都不再是思考的问题，而阅历也增加了，懂得了一些人生相处的因缘，生活空间安稳了，一切也自然而然地形成了一些互相往来的群体。彼此开始从日常的所需过渡到精神的交流、人生意义的探寻和彼此默契的轨道上来。于我，也开始觉得，如果还可以为别人做些什么，作为朋友的存在意义也加深了。毓的诠释也由此明朗。

本心的几位好朋友在“玉遇·知行秀”结束后合影

毓，是人生的精髓；秀“美”的产生因毓而来。所有的美好，所有的品质都来自积累和孕育。

对毓秀的诠释，这些文字远远不足以表达我对它的爱。其实，在我心里，毓秀的设计是玉雕挂饰历史上从没出现过的一种表达，普通人用正常审美很难读懂它的独到之美。我曾经设想，它会等到一个独特的人出现，那是他们彼此的爱。因为我不会轻易地把它交给一个“陌生人”。

我对毓秀作品的爱是深刻在心的，所以我珍爱地佩戴着它连续进行了汉泽西和知行秀的活动，直到它在知行秀活动后玉遇了新的主人。我不断地在说：“一件作品只有遇到对的人，它的生命才刚刚开始。”日本服装设计师山本耀司也说过同样意思的一句话。我们都在强调自然万物蕴藏的生命力，与人之间的相通共荣。直到遇到懂它的人，它才会开始和新主人在精神深度进行无声的对话，这是超越物象本身的。毓秀是一种创新的思想，它的价值在我的内心是崇高的，对于其他人，可能需要很多年才会凸显。将一颗心真诚地思考，并将这种精神附着在一件作品上，它凝聚着我的深爱，独立绽放，无法超越。

也许，你还没有从这件作品的设计诠释中，找到本心要表达的毓和秀，但我已经从你读到这个页码的长度和如此认真地对待本心的文字中，找到了我们玉遇的渊源。愿《毓秀》真正的价值，是这种因玉遇而来的美好，成为一生中值得彼此珍藏、品酌的美丽故事。

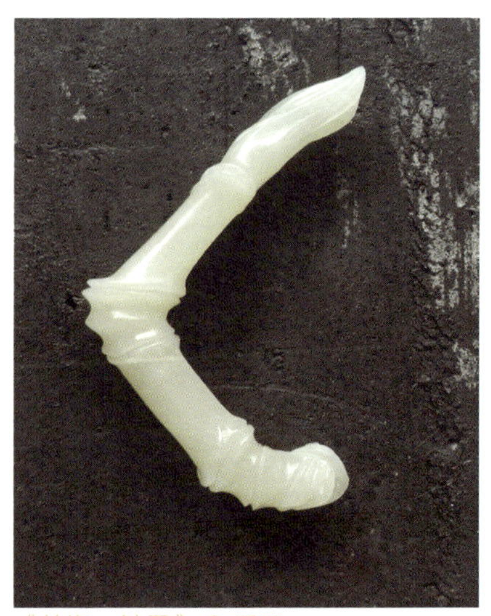

《竹海 · 毓秀》和田玉

有容记

认识苏容姐姐是一个偶然。那日吴蓉姐姐说，有一个《中国妇女》杂志的朋友看到她写我的那篇文字，想过来聊聊。我想聊聊也无所谓，从没想过那样聊天就采访了，并且稿子出来竟惊人得完整……她的话语不是很多，似乎还有点哲学的感悟，智慧而又有霸气的味道。慢慢交往发现她含蓄、不随众，独立思考又有选择。我很喜欢她的个性，似乎现在这样的人不多，便越来越关注她。

她忙碌中还坚持帮我做汉泽西人物的专访稿。她敬业，文字能力极强，其实我一直觉得她情商很高。她理解和懂得每个访谈对象的行业或者经历，因为她要为每一次访谈做足功课。懂得了她的好，便更多了感恩。

偶然间发现她的“三三得九九”，其实一开始并不知道是什么，只看到每日微信一篇图文，一句充满诗意又有哲理的短句，和一张独特视角的摄影图片，还有精心选择的配曲……后来问她，她说是三个好朋友（其中一个是她先生）一起玩的，一年 365 天，每天一篇……确实是自己玩的，因为没有很多人去了解这是什么，她们也不屑去宣传自己，更多关注她们的，都是了解的朋友。

可是，我越发喜爱她们的“和你在一起的某一日”，感受到如恋爱一般的岁月和人生行者之间的情感对话。

就如今日所见，她们的图片文字写道：“人就这样被松了绑，漫焕成收拾不起的时光。”……配曲是茶季杨（一个出生在云南大理的彝族歌手）的单曲《给你》，照片是她们 2005 年在云南丽江束河绿林酒吧拍摄的冰镇西瓜。一张图、一句话，就如他们夫妻一样，都是天生绝配。

人生除了负责浪漫，还负责思考。这半年来，他们夫妻俩看遍了各国影展，然后分别发表一段观影心得，对世界、对人生、对人性……深刻而幽默，柔和里藏犀利。

一日，他们在德国电影节期间观看了《欢迎光临哈特曼一家，2016》这部关于宽容、沟通的喜剧电影后，苏容姐姐写了一段文字：“大团圆结局，中规中矩的电影，影院里不断响起笑声。

汉泽西专访后合影

德国一家人，各有各的问题，男主人‘老年危机’，对老的恐惧让他怒火冲天；女主人孤独无聊，大发‘助人为乐综合征’……有一点是对的，你和你邻居的距离有时候比和地球另一个国家的人更疏远。此刻，地铁里，我对面两个男人在吵架，为究竟是谁挤了谁。一样的用词，相似的性格，甚至差不多的长相和身高……其中一个对着车厢大喊，‘有没有北京人’！另一个口音与他相似，但显然是‘移民’，他们拉拉扯扯，战争升级……冲突似乎永远比宽容更容易……”

她就是这样一个时刻行走着、记录着、思考着的人。

写这小段文字时，我眼前浮现的是昨日傍晚看见他们夫妻手拉手路上行走的背影……祝福他们，我的好朋友！

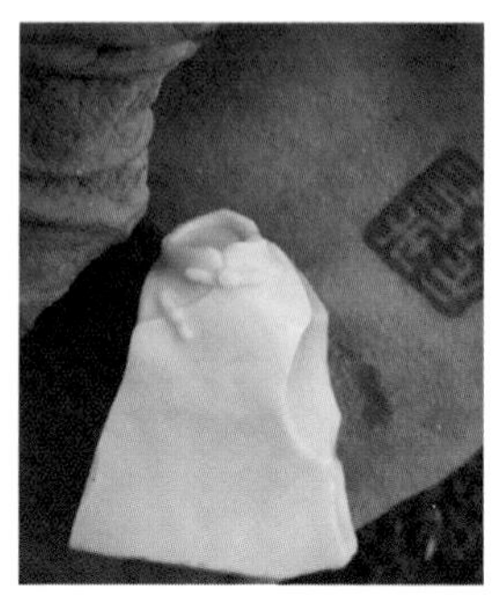

简素·布衣

布衣作品出来的时候，真的是无心插柳而成。当我发现这块戈壁玛瑙的料子时，它几近完美，有一种独特的娟秀藏于内心的女人姿态，又简朴得让人有一种遐想。我就是想最简单地去附加一点创意，就像人生，最好是初始的状态，尽量少去雕琢。

说到简素，也是近几年才有的心境。我总结的人生实际上有三个阶段的探寻，也曾有人说过人生是三层楼，一层是物质，二层是精神，三层是哲学，大抵核心差不多。

为什么用“探寻”这个词，是源于我的一些思考和感悟。其实我们从出生到年轻时候都是懵懂的，甚至很多人活到老还是一样，对于人生意义都是茫然所知。即使一直在路上，一路奔波着，但来和去都是未知的。所以，注定这一生都是探寻的过程。第一阶段是生存的探寻，梳理梦想和如何生存。这个阶段很美好，有理想，有激情，遭遇挫折和努力积累财富，开始关注实现自我价值，因为生存的前提开始接触和了解人生的丰富。第二阶段是品质的探寻，进入思考和品质生存的层面。随着经历的丰富感而来的是情感的厚重，因生活的沉重喜乐而开始思索和反思，知道生活应注重品质并开始努力调整，进入品质体验和明白品质的重要性，这种品质的探索也包括除了生活必需环境以外的内容——爱好和艺术、文化和习惯等，从而打开了可以进入第三个阶段的通路。第三阶段是意义的探寻，理解并学会取舍和生存，探索的存在意义。真正明白了自己想要的生活，也才懂得如何取舍：情感的取舍、生活方式的取舍、社会职业的取舍、生存模式的取舍等。对自己的生命开始关注，对自己存在的意义开始思考，开始寻求有意义的余生，并可以引领身边的人。

简素是第三阶段产生的生活态度。简素不是生活局促时的简朴，更不是做给别人看的招式，而是发自内心的一种愉悦自己的生活方式。人到了简素的阶段，布衣也好，丝绸也好，都只是一种服饰的载体而已。带着这个理解，我完成了作品《布衣》。

当我们不够强大时无能力取舍，而到了一定阶段，活明白了，“开悟了”，自

然就是另外一种状态。那些曾经的理想都深埋于心，当你遇到一种载体，那颗种子就会生根发芽，并逐渐长成令人深爱的花朵。《布衣》就是在这样的思考下产生的。也许在三年前，料子给我也是浪费了上天的美意。《布衣》完成后戴在我的脖子上很久，后来在“取舍与爱”展览时割爱展出，被一位喜欢摄影的姐姐收藏。

2017年中国玉器百工奖展览，由于我对《布衣》作品的喜爱，作品被借回展出，并意外地获得了金奖。这也是对我坚持艺术琢玉之心的一种慰藉，也是喜爱这个作品姐姐的福报。《布衣》在我编辑《玉遇》图文集时，正式作了名字的调整，改为《简素·布衣》。

《简素·布衣》 戈壁玛瑙

结缘“爱的分贝”

我是 2013 年“爱的分贝”一周年在晋商博物馆的活动现场时第一次知道有这样一个组织。

我当时在高碑店经营 TREE 艺术馆，第一次带领“会走的树”艺术家山西碛口写生回来，因为要在晋商博物馆做“情系黄河母亲”展览，正好遇到“爱的分贝”的活动。当时大屏幕一直在放“爱的分贝”宣传片，那些可爱却不能说话的孩子们的脸庞一遍遍在眼前闪过，咿呀学语的艰难和断断续续不清楚的“妈……妈……”，让我这个刚刚当了半年左右妈妈的人，母爱泛滥、心如刀割。

我当时刚刚起步做艺术馆，经济上虽然不窘迫，但运营艺术馆需要大量的资金支持，艺术活动还没开始，未来也不知艺术市场如何，所以也并不是很有额外的力量。站在活动人群的后面，我一面观看一面纠结。我有这份爱心，但力量薄弱……良善的本心与生活的实际在此刻矛盾相见，心也越来越沉重。我几次挪步想离开活动现场却迈不动脚。

我想到了一个可以尝试的办法：或许可以先和“爱的分贝”留下联系方式，需要时，我可以捐赠艺术品进行拍卖。有了这个想法，我心里似乎安然了一些。活动结束时，我找到了活动的一位理事陈捷先生（后来才知道他是央视的播音员），他听到我的想法后叫来了活动的主持人，就是现在“爱的分贝”公益基金会的秘书长王娟女士。

这一次结缘，就彼此没有松开。

经营艺术馆并不像我们对一般艺术的理解，赢利是很漫长的过程，除了高端艺术收藏资金运作可以获得短平快的高额回报外，除此都是爱艺术的人们一个又一个有质量的展览辛苦堆积起来的

“影响力”而已，但也只有小小的影响力，经济回报遥遥无期。同行们都“赞美”我在艺术市场低迷时进入的勇气，可是我的辛苦换来的却是渐渐斑白的鬓角，和忽略了照顾家庭而来的先生的误解和埋怨。即使在这样的情况下，我和“爱的分贝”仍然同行着。我偶尔参加他们的众筹活动，或者公益朗诵会，再或者从为“爱的分贝”提供免费办公场地的拾乐汇购些喝茶使用的器皿和茶叶等物品，用来送师友……总之，经济上不能多支持，我就力所能及地做些简单的事。

那个时候我已经坚定要走玉雕的路线了。我自由雕琢的玛瑙作品总能打动很多艺术家朋友，还有朋友花几千元来收藏我做的挂件。后来经过慎重考虑，我关闭了艺术馆，成立了草木本心玉雕工作室，开始全力来做艺术玉雕。偶尔捐赠玉饰作品，有时售卖了作品就默默捐赠腾讯公益“爱的分贝”月捐项目……于我，是点滴之爱，也这样陪同“爱的分贝”一路走来。在“爱的分贝”五周年活动时，给我颁发了一枚象征着爱的“永生花”，并正式授予我一个感动的身份——“爱的分贝艺术家公益委员会委员”。

爱可以带来奇迹，截至 2017 年 12 月 7 日，“爱的分贝”直接帮助 439 名听力障碍儿童完成耳蜗植入手术；资助 1232 名听力障碍儿童进行语言康复训练；通过 26 期家长培训班共培训家长 1104 名；发放 365 认知包 405 个；累计咨询服务听障儿童家长超过 10 000 人；救助帮扶对象遍及 30 个省市自治区……5 年间，1000 个志愿组织和个人参与走访验证工作，有人长途跋涉 30 多个小时去探访，有人走访过 10 多个孩子家庭，有的志愿者怀孕 7 个月还去走访；5 年来，两亿多人次通过阿里公益宝贝、

食玉沙龙展合影

汉泽西活动现场花絮

蚂蚁金服、腾讯等公益平台参与捐赠……由于突出的创新性和专业、全面、系统的救助体系，“爱的分贝”分别获得了 2012 年英国大使馆文化教育处“新湖社会企业创新奖”、2012 年民政部“慈善推动者奖”、2017 年“阿里巴巴 95 公益周最受欢迎互联网公益项目奖”。

从秘书长王娟女士身上，我看到了一种超越生活本身的大爱。这种爱实实在在，扎实有力量，接地气，不标榜，不做作，承载了一群有爱有能力的社会人士力所能及的善待与担当。她是一种精神榜样，是汉泽西榜样，希望能让更多人看到作为一个公益行业的普通人，她所有的美与爱。

2017 年的汉泽西活动中我特意为娟姐设计了一套和田玉作品——《竹海 · 爱的延伸》。这套作品我用了几种元素，其中一个是竹子。我们往往容易想到文人喜竹，因为竹子的精神更趋近于干净的理想和完美主义，又保有一种情怀，深邃、包容、万象，甚至高于现实。另一个元素是来源于爱与善的传递。体现这个元素主要有两个设计点：一个是错落的体现，手镯和挂件的错落交融有一种延伸感，让人无限遐想，代表精神也好，爱也好，绵延不绝；另外一个是有本心，将挂件的竹子设计成一种自然长成的心的形状，体现的是一种围绕于心的生长，像“爱的分贝”，围绕与人为善，对弱势群体的大爱，隐含在意识里，自然、有力量。

王娟和鹏鹏、浩浩合影

还有什么会比爱更有力量呢？! 我愿将对艺术的爱延伸至此，善待像娟姐这样有爱的人，力所能及地去爱。

草木本心玉雕工作室在成立三周年之际，于 2016 年 6 月在 718 传媒文化创意园“拾乐客厅”，举办了一场与爱有关的独特展览——“食玉”。2017 年 9 月完成了“‘发现汉泽西’2017 草木本心原创艺术玉饰发布秀”。草木本心都有拿出一定比例支持“爱的分贝”聋儿救助项目，秘书长王娟女士也一路见证了草木本心踏实而坚定的成长，成为草木本心玉饰的喜爱者和我的至交好友。“发现汉泽西”也成为我们相识五年后一次真正为“爱”的“携手”。

愿“爱的分贝”永恒响亮!

《竹海 · 爱的延伸》 和田玉

玉遇·知行秀

汉泽西活动后连续几日我都睡得比较早，并且把手机关机。次日一早，打开手机收到了中国妇女杂志社宝丽姐姐昨晚发来的微信，说推荐我和活动当日见过的王会长加个微信。

我恍然回想了一下那日的情景，记得当时宝丽姐姐找到我说："给你介绍一个朋友：北京市妇女对外交流协会王水霞会长。"虽然我们彼此只是匆忙一见，但她给我留下了很好的印象。

可能是因为十多年 HR 职业经理人的经历，其实我一直不太喜欢参加各类培训和论坛式的活动。但是出于礼貌，开车的路上，我还是添加了会长姐姐的微信。通过后第一个弹出的是“扎西德勒”的图片问候，没有客套、没有语言，却让我突生一种彼此善待的温暖感。

王会长说话爽快，言语和气，她希望我们汉泽西能够参加文明对话论坛的板块，因为彼此的调性一致，至于究竟怎样参与，希望听听我的意见。

文明对话论坛启动仪式

玉雕专业委员会会长马北辰现场致辞

我很快在她的介绍和发来的链接里了解了文明对话论坛的有关情况：为了响应联合国教科文组织《世界文化多样性宣言》以及中国政府“一带一路”的倡议和文明的交流互鉴，文明对话论坛于 2016 年正式创建。论坛的宗旨为“知行天下，文明为帆”，将同时打造以文明驿站为模式的国际文化交流、合作的平台，倡导文化多元和文化共建、共享与共荣。文明对话论坛强调文明与知行，这符合我对文化环境的要求，参加文明对话论坛实际上就是“汉泽西”的延续，同时还有新的跨越。想起那日汉泽西的好朋友们在结束时意犹未尽再次秀起时的情景，我突然觉得会长姐姐的出现，是来圆我已经开始却未完美结束

的那个心愿的，瞬间内心又多了几分感恩之情。

当时距离文明对话论坛 9 月 29 日的召开不到 10 天时间，筹备工作异常紧张。活动场地更换，走秀音乐可以使用原来的，但参与表演的汉泽西人员有的出差，有的离京，表演团队需要重新调整，重新排练。

我和王会长有一种与生俱来的熟悉感，就像老朋友一样。几个来回沟通确认下来，汉泽西也由于文明对话论坛的精神引领转身延伸为“玉遇 · 知行秀”。

“玉遇 · 知行秀”进展得非常顺利，新丝路特聘讲师马清云女士是汉泽西活动的秀导，这次她依然百忙之中再次帮助汉泽西友人们进行了新的排练。当时文明对话论坛报名的嘉宾已经超过场位的上限，所以我没有扩大面积邀请嘉宾，只是特别地邀请了玉文化研究会玉雕专业委员会马北辰会长、汉泽西活动的主办单位“爱的分贝”、中国妇女杂志社和文化部中国民族艺术文化研究院的几位代表，还有几位艺术家好朋友。

活动现场，王会长举起了手中的益拍号码牌，拍下了一件我为文明对话论坛精心呈现的作品——《竹海 · 同心》。她说：“在这个知行、文明、和平的殿堂，我们在一起的时光，已经成为一块美玉。我们用爱和美善，同心协力，相伴相融，就如这件作品的名字一样‘同心’共筑，这也是咱们文明对话论坛的共建、共享、共荣的精神核心。”

人生的每一种相遇都是一种善缘，需有善待的心。我和会长姐姐也因玉遇，友谊牵手，成为知懂彼此的姐妹。她用智慧、美善、宏伟的理想感染着我，崇尚知行，行走天下。

玉是一种美好的象征，它被称为大地的舍利子，寓意着高贵的精神和灵魂。因玉而来的美好，也一路见证了我和会长姐姐的友谊。“玉遇 · 知行秀”也是爱与知行的玉遇。

玉石的珍贵，不在于它有多么昂贵，而在于它能时刻提醒我们，一颗美好的心灵，可与天地同在，时时记得玉遇的这份温暖，并把这份温暖带给遇见的每一个人，结缘因玉而来的美好故事。

本心和北京市妇女对外交流协会会长王水霞开幕式合影

草木本心舞
台上最年长
却最有魅力
的汉泽西好
朋友蒋蓁蓁
老师

《竹海 · 同心》 和田玉

家庭无事不欢

家庭，不光是港湾和灯塔
也是杯瓦饕餮的洪荒之城

如果说一个人的生命有了回声
那是因为有了爱情

而如果一个人的精神有了骨力
那是来自孩子的依赖

家庭里的饕餮

人生的成长包含很多，有些成长是眼界，有些成长是心智。家庭角色的转换，也面临着一种新责任的担当。妈妈，多么熟悉而又陌生的角色，当我们还沉浸在有任何事情都会和妈妈倾诉的时候，自己却随着成长而来的时光进入一个新的角色。刚刚手忙脚乱地把引领一个孩子的成长从懵懂到有些熟悉了，还没进入稳定的轨道，接着又迎来了第二个新生命。两个孩子的妈妈，说起来简单，但认真想想真需要一种坚定的勇气。

怀孕时其实生活没有太多变化，大宝还是沉浸在家里的“核心”被关注的位置，虽然她一直说喜欢妹妹，但妹妹真的到来时，第一次“家庭大战”便开始了。

第一次竟是因为“住”这样简单的事情引起的，而且这场“战役”在我为人母的岁月里一直持续了两年之久。

刚刚生完二宝，住院四天后回到家里，第一个问题就是二宝睡哪儿。当时我们考虑大宝已经三岁多了，随着个头长高，以后不需要婴儿床了，暂时给二宝先用，大宝可以在我“月子”期间顺利地过渡到和阿姨睡。然而，当大宝见她的床要被“占用”时，她开始不听任何沟通而大声哭闹起来。我们轮流做她的工作，给她讲道理，但不论我还是爸爸，都没法说服她安静地接受这样的安排。

也许是我们提前沟通工作做得不足，此时，她有一种将要被“挤出”我们共同卧室的感觉，甚至“与妈妈不能像以前一样了”。她这些看似无理的哭闹，实际是我们作为家长忽略了她的心理活动。大宝第一次的哭闹持续了很长时间，即使大家一再地说妈妈生病了，很累需要休息，大宝还是不能安静下来。生二宝之前，我也曾和很多妈妈聊过这个话题，即使我们作好了相应的心理准备，也提前进行了一段时间必要的引导，我们的担心还是出现了。“争床战”持续了一个多小时，最后，在爸爸承诺买一个更大的床给大宝时，大宝才暂时同意了先让妹妹睡几天小床。

孩子的适应能力超过大人的想象，接下来反而是我和爸爸心里的“抗争”开始了。每次，大宝晚上跟阿姨回房间睡觉和我们道“爸爸妈妈晚安”时，恋恋不舍的样子，都让我们心里有了酸酸的感受。

第二次面临两个娃娃的睡觉难题是在二宝不到一岁的时候。春节回姥姥家，我们一家四口人第一次睡在一起。第一天我就被搞得头大了，哄了一个多小时，二宝也没睡成，原因是大宝总在二宝要睡着的时候发出一些声音，或者是做出一些动作。一开始我还耐心地去劝说大宝，她当时四岁了，应该知道一些浅显的道理。可有时感觉她就像故意似的，因为她发现这样“捣乱”很好玩。接下来的几天更加变本加厉，大宝干脆找到了被妈妈关注的“角色”，就是要和二宝一争高低。我哪里有那样的本事，更没有“特殊功能”，开始讲道理不管用了，接着我就训斥她，还是无效，最后干脆就“开打”了。大宝被我狠狠地在屁股上来了一巴掌，这下好了，她是不再捣乱了，开始哭个没完没了，最后哭累了老老实实睡着了。在开始“庆幸”这样还有点效果的同时，一连几天同样的状况又让我陷入另外一种痛苦的纠结中。

哭着睡觉怎么行？！这太压抑了。我一直想努力做到不让孩子在吃饭和睡觉的时候哭，当我看着大宝脸上挂着泪珠进入梦乡的时候，便深深自责起来。

家里人开始想办法帮着带大宝，好

让二宝安静入睡，结果不但大宝不配合，连二宝也开始抵抗起来，吵着要姐姐。此时我明白了孩子都要和妈妈一起享受睡前亲密的时光这个道理，于是我开始调整，开始接受，接受两个孩子争宠妈妈哄睡的事实。我开始规定，姐妹可以一起上床，但只许一起玩一小会儿，妈妈说睡觉时大宝必须安静地回自己床上睡觉。姥姥用心良苦地给每个宝贝配的卡通床品，使孩子们感觉床上是很温馨的地方。方法见效了，大宝开始配合了，因为这样大家一起玩耍很开心，她睡前也有了一小段时光和妈妈在一起。那一日是来姥姥家一周之后，第一次大宝开心并安静地自己入睡。而那个时候，我拖着疲倦的身子躺下来，腰疼得如针扎般难受，安静地哭了……

“妈妈，你看……”
禾禾一岁半

我想起一个旅居加拿大的姐姐回国看我时的情景：她看到我用中国式母亲的哄睡方法坐着哄宝宝睡觉，感到不能理解，她觉得我的辛苦是因为我没有“采用合适的手段”。她说：“在国外，一个妈妈要带几个孩子，孩子到无须喂奶时必须学会自己睡觉。”我不解，问她怎样可以自己睡？她说：把床加上一些措施，到睡觉时间，就把宝贝放进自己的小床里，说着晚安之类的话，然后关灯让他自己睡。我觉得不可能：“孩子不能自己睡，因为他会哭闹啊！”她说：“一开始肯定不习惯，也舍不得，但大约过了

全家来看海……小鱼儿四岁半

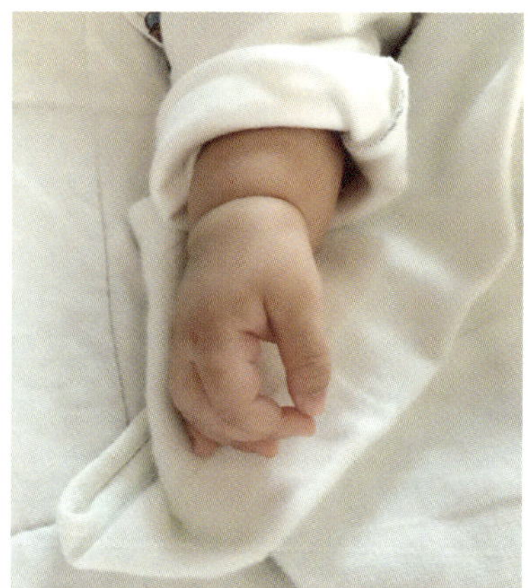

世上多了个爱我的小棉袄……禾禾出生记

鱼儿继承了妈妈的基因，最喜欢绘画和做手工

三到五天，基本就习惯了。关键是母亲必须狠得下心，因为孩子一哭母亲就松懈，肯定是不行的。”

我当时就说：“我肯定不行，因为我狠不下来心，更听不了孩子那种找寻妈妈庇护的哭声……”我承认她说的那种独立的教育理论上是对的，但作为一个现实版的中国妈妈，我愿意忍着腰疼把孩子抱在怀里，让她们尽可能感受到安全和母爱的味道入睡，而不是那么小就要练习独立。

妈妈的行为，从来没有标准，也无所谓对与错。重要的是，究竟怎样做，能让母亲和孩子的成长过程相对均衡，而不是一方负累。虽然，孩子带来的快乐可以抵消一些疲劳的感受，但承受的度还是因人而异。我和爸爸对孩子如何睡觉的心理抗争也在回到北京后彻底瓦解和清晰。

回北京后，我们一家四口人一直同睡在我们的卧室里，她们各有一个属于自己的温馨的小床，大宝的床也因此换过两次规格。虽然，我有近五个年头没有享受过完整的睡眠，经历着各种各样深夜“被醒来”的经历：盖被子、妈妈抱、咳嗽、尿尿、做梦哭……但我没有后悔，因为辛苦的付出收获的是一家人在一起的温暖。

孩子的成长阶段很快就会过去，我们不想她们这么小就和我们分开，当她们大了，喜欢独立了，开始有自己心事了，那时候你再渴望，她们都不会喜欢和我们住在一个房间里了。

有一篇文章写过，孩子从出生开始，就和父母走向别离……这是个伤感的话题，却让我们更理解当下在一起的意义。

谈情说爱

近日读了江湖赫赫有名的鬼脚七的自媒体文字“开悟的人是什么样子的”，思绪万千。文字的力量是强大的，思想也如此，很难深知此事却不做什么，于是将一些沉浮在近期思想的事儿整理一下，便出来今日的《谈情说爱》。

勾起我如此思想的还是鬼脚七——一个曾叱咤阿里职场的技术大拿，偏要“行走”，偏要“撇下妻儿短期出家”，偏要“不带钱，只带手机地乞食徒步到峨眉山”……难道他不爱他的妻儿吗？我想答案一定是否定的。虽然我并不熟悉他，只读了他大部分文字，但我相信他是开悟的那种人……开悟的人，很会生活，也很会爱。

“爱是什么？”多么古老而永恒的话题。连小女儿常常听的歌词都在说：爸爸妈妈最爱我，可是我却不明白，爱是什么……三毛和林徽因的爱情很美，是诗一般的情，两情相悦的爱；文坛

两个宝贝女儿，暖暖的心窝窝

巨匠杨绛和钱锺书的一生，则是知己一生，最懂你的人是我……庆幸的我们，读着美丽的爱情故事，忘记了其中的艰难与无奈，忘记了柴米油盐酱醋茶……有的爱十八般武艺，有的爱平淡如水却不离不弃……

文艺青年都在追逐理想，将爱情贴上了浪漫主义的标签。修行的人埋藏了爱的苦恼，修炼着真气……不想哪日突然发现那个托付了大半生的人原来最爱的只是他（她）自己……即使那样又如何呢？！本就是婆娑世界，花多少真气才能修炼成一份真爱，让爱充满成全与惊喜？！

要说黄永玉老爷子一生要踢几个漂亮球是一个摸得着、看得到的理想，可是要想找一个有担当，可以宽容和善待，知懂和成全自己的那个人，却需要几世姻缘的修行啊！生活里不能有过多的祈望和抱怨，修行，不断修行，也许还有机会将那个不是很爱你的人，万念成金，巧度成真，爱成一生一世的千古奇缘！

无病呻吟的夜晚

最近一直在读鬼脚七先生的《没事别随便思考人生》，感觉很有意思。一般，评价“很有意思”就表示这书有读头，确实读后“百感交集”……很多章节都是读懂了，但又有了新的思考。今天临睡前抱着小宝读了他《写给十年后的鬼脚七》一文，读到他写给女儿的一段文字，突然冒出许多伤感。女儿的成长，是多少为人父母甜蜜、担忧、焦虑和不安的过程啊，无论皇帝贫民，都有如此爱女之心！

可是，这跟标题有什么关系呢？！因为鬼脚七先生的文字，引发了我很多看似“矛盾”有关“对和错”的思考。其实我很害怕“哲学”，害怕一种需要在矛盾和对立统一中寻求“平衡”

的感受。也许，这是女人思想上“懒惰”的一种表现。但“文艺式”的简单，或者“愚拙”，倒显得要幸福许多。选几个喜欢和值得信赖的文友读一读他人的生命感悟，反而走了直接的道途。但，自己的人生，还是要自己体悟……

体悟在虚幻、浮华、复杂的念头中，一种可以自然生发快乐的“癖好”，带来的种种滋味……只有在喜欢的事物中、过程里，才是真实的喜怒哀乐，与身外之物全无关，也无念想，就是自己随心所欲地感受和生发快乐。这快乐是真实的，没有任何附加色彩。

俗世中人逃不开“看不透”的烦恼，孩子、家人、生意……

小鱼儿宝贝来了小伙伴

都需要种种思考，即使很努力，还不一定做得对。有追求，要权衡利弊，不能过犹不及，否则因为名利离心太远，坏了已经安稳的初心……懂得珍惜和知足，又不敢过于安逸，怕一不小心掉入不上进的圈圈，离那些急着赶路的奔跑的同伴太远，跟不上时代的节奏……品质生活要具备的条件太多，权衡下来，要学网络，即使有辐射；要用微信，即使累眼睛；要使用网银，即使可能不安全；要偶尔说“假话”，即使不想说……因为，你不能只考虑自己高兴，还必须不“落伍”，不能“不食人间烟火”。

人生“回向”给每个人的是不同的感受。对待生活的“苦”，不是寻求“深山老林闭隐”，鬼脚七先生都说了“寺寺有本难念

妈妈工作室的晓晓阿姨来了，禾禾好开心

的经”。真正的修行是真实地面对，在社会上精修发展，承担责任。

天亮又是一个好日子，两天没雕玉石手痒心烦，这不，写了几段“无病呻吟”的文字，权当孩子睡觉了，夜里无聊打发心情而已……

晚安！吉祥之夜！

鱼儿五岁，第一次走上舞台

女人，多么好的时光礼物

女人的岁月时光里，有一种风景，无论年轮几何，都是阳光照进现实，婀娜而静好。

下午茶，多么美的感受。三两知己，购物约饭，一起找个只有自己才会爱上的角落喝个暖暖的咖啡奶茶，丝滑的美妙任性在肠胃里穿行，琐事耳语，都是过客。那些情感的苦恼、琐事的烦恼、孩子成长带来的压力、事业发展前行的困难纠结……都在一杯可以忘情的咖啡奶茶里，穿肠过肚，即是疗愈。

女人这个群体其实很有趣，她们看似小女人，其实心胸很大。懂得担当，忘记了经历的痛苦，却从不会忘记别人对自己的好；喝得下风花雪月的浪漫，也品得了饥寒交迫的浓烈，更经得住富贵威武的考量……

《知秋 · 梧桐》 戈壁玛瑙

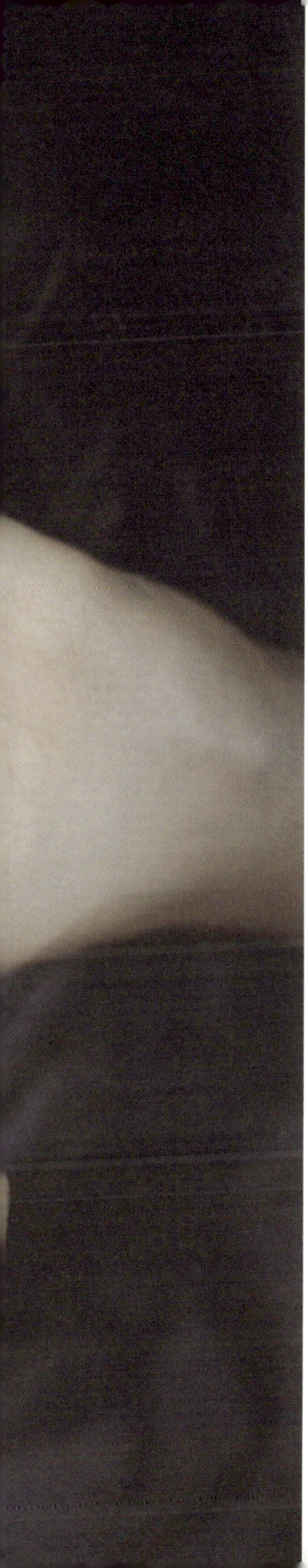

下午茶的温暖还留有余温，转瞬，逛菜场、下厨房，做一桌子饭菜……

女人似乎都明白一个道理，要想活得像自己，就得苦要自己扛，事要自己做。

我喜欢这样一群女人，善喜乐，懂得自己的好，并且不断呈现自己的好。她们有品位，虽不是名牌，个性使然，穿得像自己，活得像自己，无论在金碧皇宫还是茅草之舍都保持优雅本色，活色生香。

将生活附加给自己的苦，丢进大海，用心诠释活在当下的美好，善待每一日、每一餐，家人、事业和遇见的每一个人。努力创造，从不懒惰，有独特的辨识度，高贵而丰盈地活着。

汉泽西活动前夕，好朋友们在杨平飞馆长的“一耕美术馆”排练

忘了坏脾气

三岁的鱼儿宝贝

当了妈妈，体会到前所未有的丰富。先是身体慢慢变胖带来的不舒服，接着是孩子即将来临时的惶恐，然后是生产时刻骨铭心的疼痛、喂奶期持续不完整睡眠的压力、带孩子失去的休闲时间、养育孩子时不同观点的碰撞……可以说，孩子的来临，让一个再有修养的女人也开始有了“坏脾气”。坏脾气从无到有，又从有到慢慢减少，有趣，有苦，亦有乐。

一面因带孩子辛苦而发脾气，一面用家人温暖的爱来疗愈，再用艺术或工作来支撑……苦，也自得其乐。

一个好朋友回国来家里看我，恰巧看到大宝在扫地，她说：“这在加拿大，父母是会受到起诉的……”大宝当时四岁了，喜欢一些“特殊”的玩具，比如她会用湿巾模仿大人擦桌子，还喜欢扫地、拖地。一开始，我还总是阻止她，因为担心弄脏衣服或者磕碰到。慢慢地，我开始放开，让她自己“经历”。

两岁的禾禾宝贝

孩子远比我们想象的聪明，似乎先天具备超越大人理解范畴的“经验”，学大人穿鞋，装大人“腔调”，模仿动画片里你不希望她去了解的“怪兽”行为……

如果在之前，我可能很难想象自己会任由孩子这样玩耍。

妈妈总是以各种自我意识去约束孩子，不准这样，不准那样，却渐渐发现，她开始“对付”自己了。她不想吃饭，会想各种借口去拖延；不

想睡觉会找各种理由，甚至和你吵闹以达到目的；你想让她向东，她却偏向西。

妈妈一开始好言说教，慢慢说教不管用，开始“吓唬”，吓唬不管用，就开始动手打屁股……越打越多，越打越不管用！十八般武艺，全都用遍，还是没搞定，孩子越来越不“听话”了。这时，大人才会“痛定思痛”，认真反思，找自己的问题。过了一会，孩子乐呵呵地问：“妈妈，你为什么打我？”羞愧难当啊，孩子连她犯了什么错都不知道，就被打了。你说得清刚才是为何发火的吗？

三四岁的孩子，男孩女孩都一样，都有让妈妈“抓狂”的时候。其实，往往很多时候问题是出在大人身上——我们没有专注地去和孩子共同成长。

于是，我开始“忘记”坏脾气，开始和她“对话”。改变了自己，我开始发现一向淘气的大宝好玩起来。她喜欢做手工，比如用彩泥做各种各样她想象的东西，然后摆在墙边的柜子上，渐渐就摆满了，成了家里一个有趣的角落。虽然她还会在玩了彩泥后，不记得洗手就吃东西，有时也制造出桌子上乱得一塌糊涂的小碎渣，黏得二宝脚下、地上都是……你对她宽容，让她的爱好得以充分释放，她会经常自豪地和我说：“妈妈，你看，我做的手工多好，快把它们留起来。”“妈妈，我是艺术家呀，我画的画都好呀，我找不到最好的，还是你决定挂哪个吧。”……

与孩子和平地“对话”，她愿意在你的面前放肆，也愿意表现出对你的依赖，不再总是“逆着”你的愿望来，虽然大人累了些，打扫的频率高了些，但这远远比不上收获了孩子的专注和放松。

我其实并不希望她太听话，而没有了自己的主见。只要在她成长的过程里，培养一定的专注能力，几个重要的阶段能够坚定而快乐地度过，这就是妈妈的欣慰之处。有时她能专注做一件事好久，因为没有了我的“打扰”，她自由地发挥着她的小爱好、小聪明、小脾气。

我想起大宝说的一句话：“你走向我，我离开了；你远离我，我就又追回来了……妈妈，我逗你玩呢。”

孤独也是独立

每个人都是孤独的。当一个人可以体味孤独，生命的独立意义才刚刚开始……

人到中年，开始深刻地明白了独立的意义。

当了妈妈，慢慢懂得了从一个一直被关心到需要时刻关心孩子和老人的成熟人角色，到自己的需求不再是主要需求，必须自我消化，自我安慰，自我坚定地解决生活里的一切，并且只与家人分享快乐的内容……

有了这样的经历，才发现有时知懂无须太多言语，偶尔见面紧紧的一个拥抱，各自生活安好，无声地陪伴，需要出现时坚定地力挺……这些，都是人生里如亲人般的赤诚和珍贵。

每个人都是孤独的，尤其在我们为人父母家庭独立以后。有幸的是，人世间彼此独立的灵魂，可以找到相互依赖、相知相契、同者相持的缘分……

成长是快乐的，谢谢大人们眼中记录的我们

她是个厨娘，心里却装下了一座石山

此篇文字由众筹网特别提供

不是这个世界的不安，
骚动了我的生活，
只是，
我必须选择一种姿态，
那是对我们心灵与精神的守护。

——2016 年　本心

朱门后的世界

在距天安门东三十多公里的地方，有一个名叫宋庄的村子，是地名亦是人名。人名是指宋代的画家宋庄，所以理所当然的，这是一个充满艺术感的地方，是北京闻名遐迩的艺术群落，当然

就会聚集着各种各样为艺术而生的人。

朱门轻启，开启另一个新世界，这个位于宋庄的院子，就是“草木本心”所在，高高的围墙遮挡住了闹市的喧嚣，院中一口清浅的池塘，游弋着几尾金黄色的锦鲤，荷叶轻扬，水花肆意地挥洒；蔷薇摇曳，狗尾巴草放肆地生长，错落的木亭木桥木台给简单的院子增添了无数姿色，在北京这个博大喧闹的世界里，倒显得安静得让人欢喜了。

本心，也出乎想象得平和自然。没有想象中艺术家的样子，干练的短发，说话简洁，虽然已经是两个孩子的母亲，生活烦琐，却也没有娇弱的模样，怀着对艺术的虔诚，生活回归到纯朴的状态。本心说：早年读张九龄诗词《感遇》“草木有本心，何求美人折”被其深深打动，“草木本心”艺术玉雕工作室也由此而来，意在倡导艺术与人生回归本来的态度。

草木本心

至朴者石，至坚者玉。手艺者，身非铁石，但坚韧；心如草木，且诚朴。朴而无华，坚而有灵，正是“草木本心”手作的精神。食石玉力，养草木心。不求美人折，如有闻风坐其下者，相悦相赏，彼此相见，也不失为乐。道，庶几可近。

走进本心的工作室，首先映入眼帘的是满墙大大小小的艺术画作，房间里三面墙都是书架，堆砌着各类艺术书籍以及各种玉石和形形色色的原石，另一间茶室落地的玻璃窗可以很好地看到户外的竹林亭廊，一切都很自然，仿佛原来就应该是这样。环境里没有浮夸、没有不安分，一切都显得那么含蓄，散发着纯朴而沉淀后才有的一种闲适和优雅的艺术气息。

交流中，你会发现，本心是一个非常热爱生活的人，更是一个执着于艺术的人，她的油画作品和玉石雕刻都诠释着她的与

众不同，用心、自然、本心的生命力。我在一个书架的角落看到了百工奖的获奖证书，问本心，她不好意思地笑着说：“其实获奖本身都不是我所追求的，有时参加只是想检验一下现阶段自己的水平，以后也会很少参与。我觉得什么时候都得用作品说话，做好作品就够了。我身边其实有很多非常优秀的艺术家老师，他们都很低调谦和，是真正的大家。”

本心说：“我喜欢美食，常常想，一个好厨师其实也是生活艺术家。有时感觉自己像是酿酒的人，有时又像是厨娘，只是，我的材料是石头……我喜欢将各种各样的石头赋予与人对话的能量和感觉，希望我设计的‘美物’有知懂的味道……我也不太喜欢雕那种比较‘光’的感觉的东西。石头都是有历史的，有很深的岁月痕迹，尤其现在草木本心主要的材料是和田玉戈壁料和糖白料，像这种被戈壁千年风沙流逝抚摸的玉石，本身就是故事，就是艺术品，很稀少、很珍贵。”

在本心眼里，万物皆是她灵感的来源，世间所有的一切都应该是它本来的样子，花草树木、虫鱼鸟兽，即使是最简单的一片树叶，在没有被人发现时，亦只为自己绽放与凋零。

“其实我的想法很简单，就是草木本心所做的，正好是一部分人需要的，或者正在寻找的就好。日本设计师山本耀司也曾说过，一件作品，只有遇到对的人，它的生命才刚刚开始。人为石代言，石为人表达。这正是我想要的，简单的感觉。”本心就以这种安静随和的态度，雕刻着自己想要的艺术生活。

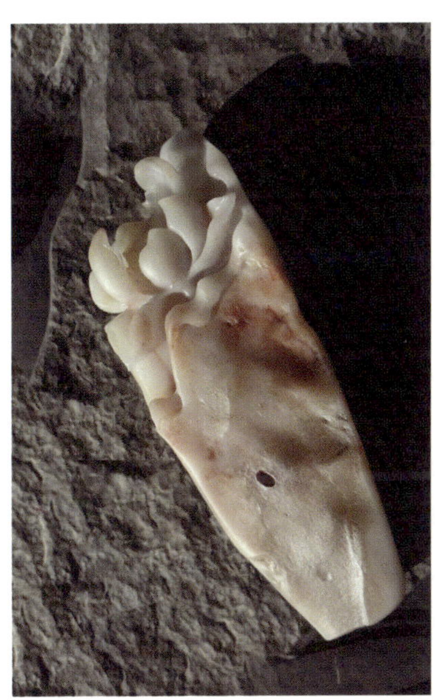

《晴波荷舞》 香插 / 镇纸 戈壁玛瑙

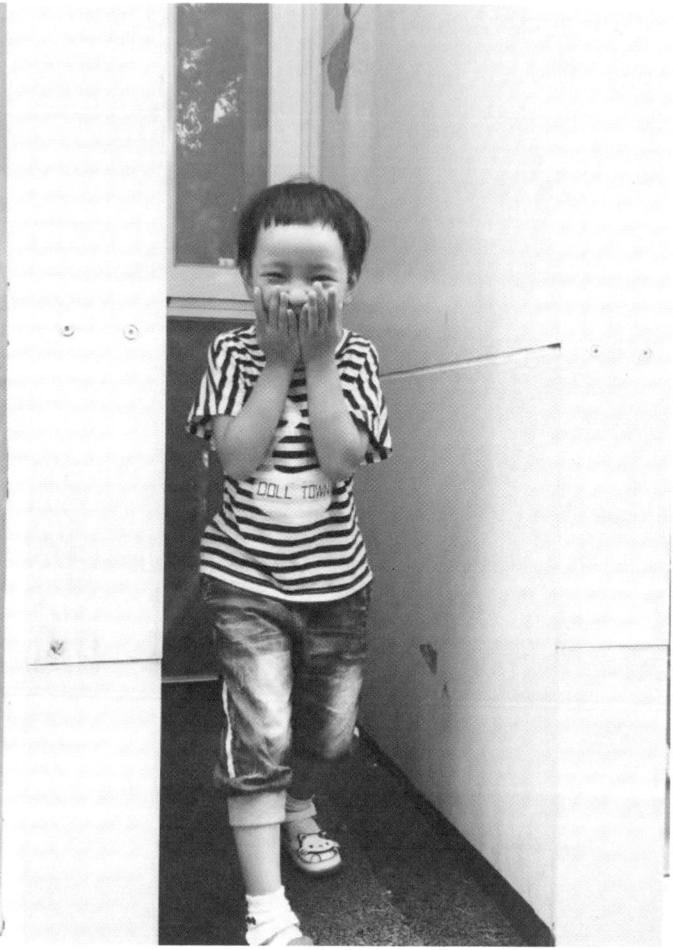

汉泽西，
生活与艺术的较量

生活和艺术是一对冤家

在艺术的崇高面前

生活的现实摇头叹息

而在现实的生活面前

艺术却显得美丽神秘

让人浮想联翩

酿酒

从没有一件事情，让我感到比作为一名手艺人还拥有更多的自在快乐。这是一种精神深度的自我丰富的满足，无须外力，与物质无关，快乐中又充满强烈的成就感。每每坐到机器旁，准确地说，只要面对着玉石，快乐就陪伴着我。从一块原石的选择，到确定雕刻的方案，出了大型，直至细细品酌的过程，一直愉悦不已。甚至遇到雕刻中的困难，面对难以取舍的纠结时，也能在斟酌和学习中获得另外的乐趣，得到攻克后的欣喜。

每每认识到这种快乐时，不敢放大，怕自己过于沉浸其中，忽略了生活里的柴米油盐，担轻了作为妈妈、妻子的本职。

我曾经很羡慕一些成长在文化氛围很浓家庭的孩子，当然，这一想法从没有否定自己父母辛劳的一生。只是，希望自己的感觉能够从作为父母开始，慢慢营造一个有知识和文化艺术分享的氛围。知识可以改变命运，主要在于知识可以改变一个人面对命运时的态度，改变一种认知生命意义的格局。

正因为如此，生活里便更加喜欢懂设计、做艺术的师友，他们的内心拥有一种强大的自我快乐的能力。

我时常感觉，自己就像在“酿酒”。酿一种不需要问名字却非常奇妙的酒，有时贪闻它的香醇，有时喜品它的纯度，有时又热爱它的浓烈……每一件作品的逐步呈现，都有这些奇妙的感受慢慢滋养内心，收获属于自己的快乐。这快乐，只对知懂它的人。

玉雕师≈妈妈

前些天来了和田玉新料，开了几方手镯，并且都有了预订的小主，还有一些新的创作思路在脑中兴风作浪，忙碌中日子就有了新的状态。近日的雾霾如同日子，走着走着总会有一段时间的低谷，我觉得如同闭关。陪我们快四年的阿姨女儿临产，不得已要离开。二宝刚刚断奶，在阿姨临走前完成的，哭了两三个晚上。娃娃好不容易适应了断奶以及晚上没有阿姨一起睡觉，接着便是

《竹海 · 舟》香插 / 小水洗　和田玉戈壁料

另外一种煎熬。

那几日，一切似乎都在那时静止了。作为妈妈，我必须全力以赴地投入可以让宝宝依靠的角色中。而新阿姨的到来，还都在磨合适应中……

我必须放下一切想法，回到一个全职妈妈的状态中，反而让我得到了一些前所未有的思考。

有时我很感谢天然赋予石头的裂纹，正因为不完美，才化残为奇，形成突破常规的新思维而出现新状态、新生命。

我一直是一个做事有规划的人，长年的职业习惯，在阿姨休息前我已把手头工作进行了合理分配：我将设计好的手镯雕刻出具体体现的部分，竹节的打磨交给工作室和师弟们分别进行。一周的推进后，我发现了不足。于是，在休息前我重新修订已经完成的部分，亲自打磨竹节的细节……看似简单的竹节，我查过很多资料，包括玉雕和各种材质的体现形式与效果，最后定下我想要的雕琢感。

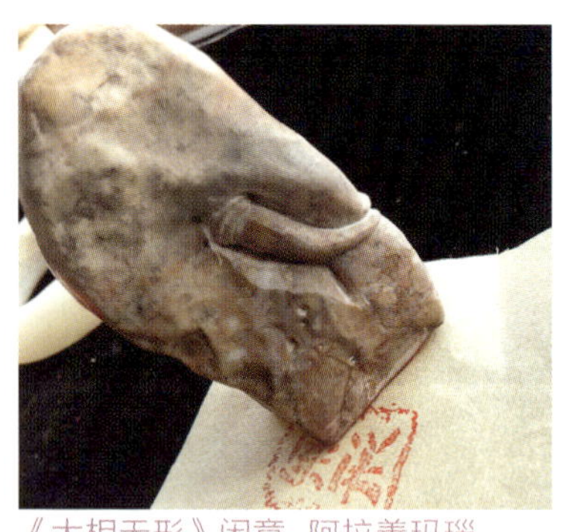

《大相无形》闲章　阿拉善玛瑙

一开始时，每个手镯都是设计制作给自己，我必须用心，专注于打动自己。这个过程看似容易，其实也很艰难，但琢磨的过程又是迷人的，生动的……我有时很自我地沉浸在一件物品的反复打磨中、细节的雕琢里，看到成长和变化的那一刻……

一件作品，找到真正“有权利”拥有它的主人，呈现给喜爱它又很“对”的人的那一刻，一切无声绽放、绵远留长……

生活与艺术的较量

前些日子，一个汉泽西好朋友和我说，孩子父亲在画画的时候，孩子打扰了他，他就大发雷霆，训斥孩子。

一把油盐和一抹油彩间，找到一个平衡点，似乎很难。但这就是现实，没有好坏之分，也无优劣取舍。选择了一种生活，也就意味着担当了一种角色。生活的阅历都是成长的财富。即使再爱艺术，也不能逃避作为母亲的担当。

我不再享有夜读的时间，因为需要九点半前哄两个孩子上床，玩耍一小会，先把二宝哄睡，再陪着大宝讲故事，待大宝睡着了，已经十点半左右了。有时，孩子睡得早，我就用手机给孩子们网购些换季的衣物，因为这样可以节约逛街购物的时间。时间，曾经漫长的词汇，此时却如此珍贵。

绘画是寻找和解读自己的途径，绘画会让我遇到困难而必须停下来思考，这是另一种重拾自我的途径，当然，还有与生俱来的喜悦——本心

都说人到中年，面临各种危机，其实，这何尝不是紧张思想的汇聚。很多的想不通、很多的愿望，便产生很多的不安，不安多了就有了危机。热爱艺术，用理想的高度和生活的实在去较量，对手往往只是自己。可以选择一生只有艺术，也可以只有生活，或者用艺术引领一场琐碎无聊的生命过程，从而愉悦身心……

曾经的那些消极的意识，比如孩子是牵绊，家庭让艺术不自由，男人与女人的差异等，似乎都是安慰自己的借口。拥有了那么多，是幸运也是沉重，但都是珍贵的财富。

艺术让俗世凡尘有了安放灵魂的殿堂。其实成为什么并不重要，重要的是，来过这个世界，行程足够精彩。

《知秋·欢悦》的偶然和由来

生命里一些看似偶然的事其实是必然。

做这件和田玉糖白料以秋天叶子为主题的作品早在 2016 年秋。当时看到院子里秋叶飘落重叠满地，一季灿烂人生的消退，不禁想到生生不息和重生的意义。

一直想做这种感觉，但总觉得没到位。后来又看到一个妹妹拍的意大利一处石雕的场景，更加深了我制作完成这件作品的想法。

糖白料颜色分配很好，所以有了内容可以表达，后面曾经设计过房屋感，但一直都没有深耕细作，还停留在一个等待完成的状态。发现汉泽西活动启动，玉饰部分新系列主题思路确定后，作品设计制作进展顺利，出了很多自己都很感动的东西。

这块手镯的料子是先生早期收的，还不错，当时只出了两款手镯，我因为太喜爱有巧色的料子，所以一直对剩余的小料子进行琢磨。

直到两个月前的一天，整理料子抽屉时，思路豁然开朗，不够圆切手镯，我就改变制作的手法。

手工掏膛，这是费力的部分，好在坚定的设计可以弥补这些困难点。设计出水流的感觉，糖色做了一片叶子，秋风起落在水上，一朵顽皮的浪花带着小叶子的帽子如一条欢快的小鱼，自由漂游的欢悦之感，与秋天的成熟、暗藏生机不谋而合……自然界水生草木，更万生物。

一年的等待是值得的，重要的是，在这样雕琢的时光里，相遇到愉悦的故事和回忆……

《知秋·欢悦》
手镯 和田玉

发现汉泽西·秀

在 2017 年初，我就有了一个思考，该用怎样的方式来诠释“草木本心”原创艺术玉饰的品牌。雕琢美玉，我曾为很多好朋友做过用心而专注的设计。我在她们身上读到了很多创造着的“美玉人生”……

我决定请我的这些好朋友成为“草木本心”艺术玉饰的现实版代言人，创造一个艺术和梦幻的舞台，让她们来展现这种独特的美。“发现汉泽西”应运而生，而“秀”的魅力在于美玉和人的精神相通，再加以艺术呈现，所以独特的汉泽西呈现也就开始清晰起来。

汉泽西，是我引用和创造出来的一个词语。多年以前，我做了一件玛瑙挂饰，第一次使用了“汉泽西”这个名字。我对这个词语的诠释是：“汉”是汉族的简称，泛指中国；而“泽西”是

一个英国贵族岛屿的名字，有贵族精神群居的遥远国度之意，也泛指西方，所以“汉泽西”就成了一群因为对自我有精神要求而驻留在同一虚拟岛屿的群体代名词，同时也有了中西文化互相滋养、交流、互鉴共荣的一种心心相融的美好寓意。

新丝路开眼界

确定了汉泽西活动的思路，一切便开始进入筹备。我开始安排每个“模特”人物的专访，落实她们每个人身上闪光特质的梳理。汉泽西模特年纪跨界悬殊，从 20 岁到 60 岁，从事着不同的行业，居住于世界各地，却同样拥有美玉般的存在：坚韧、感动、精彩、独特、毓秀、风骨……

在模特的领域里，除了个别几位有些经验外，大家还都是第一次。一直想象着汉泽西舞台的样子，包括模特的展示感觉：重要的是把生活里的那份自信走出来，把美好走出来，这就是最美丽的汉泽西模特。正巧孩子的幼儿园推荐宝贝参加新丝路少儿模特的比赛，陪孩子

“玉遇汉泽西”艺术宣传片拍摄花絮

参加比赛的经历给了我很多专业的视角，同时也有幸结识了新丝路集团北京公司的副总汪桂花女士和胡艳琪好朋友。她们用专业的舞台给汉泽西活动提供了一次特殊级别的培训体验，让汉泽西模特们提前感受了绽放的魅力。

汉泽西活动大地艺术中心聚力呈现

发现汉泽西的思路除了受到爱的分贝公益基金会秘书长王娟女士的支持外，也得到了很多师友的肯定和支持。《中国成语大会》《见字如面》《汉字风云会》的执行总导演刘宇先生给了我许多有建设性的想法，让我的模糊思考逐步清晰；央视原才女主持人张冬梅女士的倾情参与，尺八行者张听老师助力的原创走秀配曲，以及大地艺术中心提供的如梦幻般岛屿的演出环境，聚力发现汉泽西以其独特的原创艺术感和东方味道，于 2017 年 9 月 16 日“惊艳”呈现。

尺八行者张听老师

中国妇女杂志社首席编辑苏容女士为汉泽西人物前期报道做了很多努力，有些文字甚至是在出差时飞机上、高铁上完成的。为汉泽西搭建舞台的机构也是非常专业的活动公司，他们几乎是

汉泽西活动现场

主持人和益拍得主合影

不计赢利地在为汉泽西活动现场的完美呈现献计献策。汉泽西活动也得到了中国妇女杂志社吴宝丽社长以及文化部中国民族艺术文化研究院薛杰先生的助力。

汉泽西模特从美国、福建、河北、山西等地纷纷赶来北京，在草木本心的艺术舞台上，精神相通，相伴相融，自信而合力地共演了人生中一个美好的篇章，成就了彼此的精彩！

汉泽西之竹海、绽放、知秋

汉泽西活动的初衷是为了配合 2017 草木本心原创艺术玉饰系列的新品发布，当时对汉泽西的设想也是因为“竹海、绽放、知秋”命名的三个系列新品，都是来自自然万物生命精神的释义。

我更多的是想在人和玉之间找到一种相融相通的状态。竹海系列作品的灵感来源于我对竹子的喜爱。中国文人墨客把“人生贵有胸中竹”作为精神代表。竹子本身具有空心、挺直、四季青等生长特征，而被赋予人格化的高雅、纯洁、虚心、有节、刚直等精神文化象征，除此以外，又暗喻成熟的喜悦来源于勤勉的厚度和博大的胸怀。我想表达的便是以竹之道演绎为人处世，以及胸有成竹的人生境界。

绽放系列的设计也是独具匠心，就是想对女人的精神美作一种唯物的诠释。我思考的绽放更多是从精神层面表现过去与现在的反差，或者大的改变以及对美的理解。

菩提生万物，物熟皆遇秋。而知秋系列我要表达的是元生无极之意。自然界花草鱼虫，自然生天趣，都是菩提的心界。知，更释解为经由生活阅历的积累、学识眼界的积累自然成熟而来的丰收喜悦。聚知熟、期待和坚定的情感，集自然界之万物所表现的生生不息的生命力，呈现独特而丰富的生命内涵。

央视财经频道撰稿人喻江老师在为汉泽西梳理活动文字时写道："玉字的写法在甲骨文里看，就是一个绳子穿着许多石头。

玉字，比王还多了一点。那一点是什么？那一点，就是一点灵犀。那一点，就是一个岛屿，一个世界。地球就是这个宇宙的一块石头，而每一块石头，就是一个宇宙。如果我们把这些属于地球的石头佩戴在身上，就是把一个世界和自己相印相融……玉石的珍贵，不在于它有多么昂贵，而在于它能时刻提醒我们，一颗美好的心灵，是如此充满光芒，可与天地同在。”

一耕美术馆馆长杨平飞女士

我和汉泽西榜样人物的故事

汉泽西模特中我选了三位有代表性的女性，作为汉泽西榜样人物，将我和她们之间的“玉遇”故事以及她们的精神特质进行了短片分享。为了拍摄这组只有七分钟的短片，我前后用了近四个月的思考，包括为三个人物设计制作独特的、符合她们精神“音量”的玉饰，以及如何诠释这些过程。后来在“爱

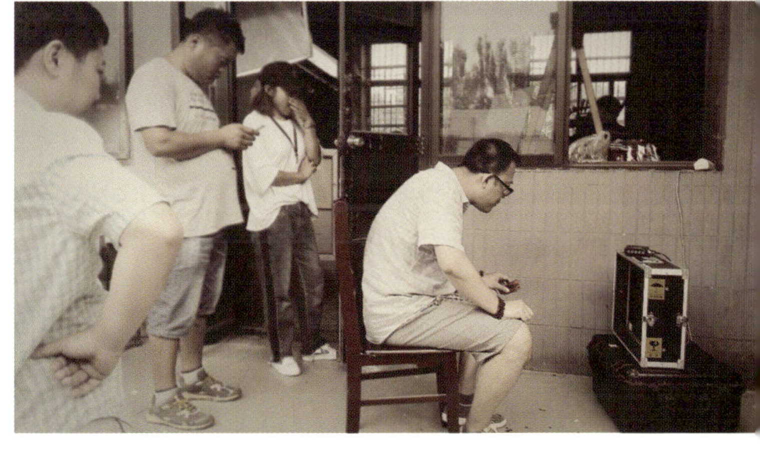

的分贝”王娟女士的推荐下，我遇到了非常专业的导演赵晟兄弟，他对我的了解以及对此片的诠释超出了我的预期。可以说，他是我遇见的非常有思考力和执行力的年轻导演。他不但能从草木本心的角度诠释“玉遇”的灵魂，更是细心专注，尽善尽美且诚朴地呈现了“汉泽西”的精神内涵。

榜样人物之锦簇的成长

和国英的初识是因为孩子，我们曾是一个小区里同龄孩子的母亲。那时候我不知道她做什么，只是叫她图图妈，一直叫了好多年。因为孩子的缘分，我们的交往多了起来。

图图妈经营母婴用品，有时我去她的店里买些孩子需要的东西，有时她带着孩子来我的工作室聊天。国英很喜欢我做的玉饰，我的很多早期没太多人了解的小挂件，她都买来送朋友。

选择国英来做榜样人物并不是因为她的企业做得多大，而是在她身上，我看到了很多女人结婚生子后所普遍面临的一些纠结和生活变化。

我亲眼见证了她从很有“分量”的一个妈妈，通过自我要求和塑造，仅仅用了几个月的时间就成功减肥三十斤，一跃成为时

参加马拉松比赛 2019 人，
国英以 2 小时 34 分的成绩
跑了 484 名

尚辣妈；也亲自感受了她如饥似渴地学习，完修自身而成为会员妈妈们的“领袖”……国英是用自己痛定思痛的行动和极强的学习能力，开启了重新迎接美好生活的智慧，是现实版美善妈妈的榜样。

我给国英设计的走秀作品叫《绽放 · 锦簇》，是一只耳环配合一个项链。一提绽放，大家都会直观想到花朵，而我却用了树叶表达。这是一组锦簇而繁盛的叶子，蕴藏着自然巧色而来的成熟之感。

锦簇代表着繁荣和生长力旺盛。借用石料本身的色泽可以感受到秋天成熟季节的悄然来临，绽放之感是隐喻其外的。留有岁月的雕琢痕迹，一般人看了也许会觉得没有做完，实则是为了视觉效果，也是对岁月成长和更迭的一种诠释，可以留给观者思维的无限空间。

有时精雕细琢往往更容易实现，而留有痕迹自然而然的美，

《绽放 · 锦簇》 阿拉善玛瑙

才是我想要的效果，也是我的另一种表达。在绽放系列里，这件作品非常有趣，和国英的成长状态很像。

把私营小店做到连锁企业，国英用六个字概括自己的蜕变历程：安静、挣扎、绽放。走秀是她的梦想，她说：“汉泽西是我第一次走T台，但肯定不是最后一次。”

榜样人物之“野画”的母子深情

郝俪老师特别喜欢大红大紫的衣服，与她的画和工作室极其和谐。她说：“我就喜欢这样艳丽的衣服，编两个辫子，不在乎外表什么样子，我大部分的时间都在绘画和思考绘画。”

凤凰网湖南频道黄秋霞女士报道郝俪老师时写道：“艺术家郝俪的故事，可以拍一档五十集励志剧。”一句话就点出了这个有着丰富经历的女艺术家的不同寻常之处。

我曾经写过一段文字给郝俪老师，至今回顾那种初识她的苦与痛，还有对她的赞美都历历在目。经过了岁月里各自安好的努力，又加深了彼此的相知情感。最近郝俪老师说：“我要学着给

儿子做饭，要做好一个母亲。”她之前从来没有给儿子做过饭，因为画画才是她的全部，而做饭只是在耽误时间。

郝俪老师有着诸多享有盛名的收藏者：美国驻华大使、法国总统萨科齐、瑞典国王、好莱坞《狮子王》导演罗伯特等。她的作品承载着伟大的母亲精神，倾注了作为母亲的、饱含人生情爱的女人心。

她为著名演员范明夫妇创作了大幅画像作品，一个月来了解了很多范明先生的作品并大量观看。她说，以前她并不知道或者并未如此认真了解过一个演员，但这次她发现范明是一个真正有情感和技术能力的演员，内心充满敬意。还有很多收藏者的故事她都记忆深刻，津津乐道。这些经历和情感构成了她生活里的大部分有特殊意义的美好时光，点亮和丰富着一位艺术家的生活。

这些年我接触了很多绘画、雕刻领域里的艺术家，也由此感触颇多。其实，任何成功都有其必然因素。郝俪老师二十多年来一直在画画，她的雕塑、版画，甚或丝网复制画作都受到了大量收藏者的追捧。

确认郝俪老师来参加发现汉泽西活动，已经是 8 月初。我专程去了一趟她位于 798 的画廊，详细沟通了活动内容和汉泽西榜样人物的想法。郝俪老师对我的支持是发自内心深处的自然呈现。这是我们爱艺术、真诚善待彼此的默契。

之后，我的脑海里一直在找寻她独特的信息，只为给她设计制作一款可以和她融为一体的玉饰。

《竹海·母爱》和田玉

我曾经试图寻找她坚韧的体现，也想为她附加情感的人生所依，或者是对她未来艺术繁荣的期待……每一种设计想法出来后又都被我否定，这些都不是我现在对她的理解与感受。直到她说，给萱萱（她的儿子）定做款玉兔挂件吧，他六岁的生日快到了，萱萱特别喜欢兔子。我豁然开朗，所有的想法都集合一处，郝俪妈妈的玉饰也相应出现在脑海里。

为了做好兔子，我还买了绘画兔子的书籍。曾设想或线条的，或结构式的……最后都被我否定了。

本心和艺术家郝俪在大地艺术中心合影

我想竹海的环境自己放在那了，两只单纯快乐的兔子就已经是最好的表达。人这一生历尽千辛、掠过繁华之后的平淡才是最真的，也是最珍贵的。郝俪老师75年生人，也是一只兔子，当一对安静享受爱意的兔子自由栖息在竹海的广阔世界里，那就是郝俪老师母子的本心，所以《竹海 · 母爱》就是最好的诠释。这也正是我对她的知心祝愿：愿艺术添彩生命的意义，更增色生活的本来！

喜秋

秋，很像一个深邃的男人
饱含了沧桑，却映衬了浓郁的色彩
不失坚定而又充满柔情

从不单调
也，没有标榜过自己
在他的世界里
总让人读得到
清荣的春、绚烂的夏
和
涅槃的冬

而他自己
绚烂枯荣、成熟沉寂……

除了奉献

都是包容……

说匠心

匠心，最近几年这个词很火，就像多年以前的“大师”一样。初始设立传播的是正能量，是积极的，是褒义，相信都能感觉到。可是，过了很多年，似乎已被炒作、被滥用……

刚刚被叫停的“大国非遗工匠”评选活动，就在“匠心”传承的文化建设道路上增加了一抹灰色。

一件真正来自“匠心”的作品是会“说话”的，是动人的。将博学、技艺和品格浓缩到一件无声的器物上，即使无语地面对，你也能感受到作品背后蕴涵的精神力量……匠心，唯有如此，是为心，是观者和作者灵魂间的碰撞。

身边有很多师友，他们默默耕耘，不断自修完善，博学精进。

将情怀、理想深埋于心，精耕细作，才是真正的艺术家，除了指路，还有高度。

《喜荷》 和田玉戈壁料

知友的定义

中国的文字很有意思。知友……何为知？何为友？

相互往来，才有深交。有了深交（交往的密度和坦诚交心的程度），才可谓莫逆之交。有了莫逆之交，才有生死之交。我写了很多知友的文字，“知”字，释义为知道还是知懂，恐怕还有些距离，以致一生都不会再次交集。

我一直觉得草木本心艺术玉雕，是做给少数人的。这少数人就像中国古代建筑里的榫卯，恰好相遇，彼此需求合适，且牢固美观。这少数人有独特的审美观，追求坚定的品质、卓越和责任的担当。这少数人喜爱草木本心，有着灵魂的契合与相知相惜。

忽略外物，忽略干扰，为玉的高洁呈现而坚定不移。经过岁月的筛磨，那才是有味道的。

《竹海·清风》和田玉

默默地住在彼此心里，一句简单的：“我一直支持你……”回味已经变成岁月流逝带不走的回忆，成雕琢的美景，永恒馨香……

草木本心

追随本心

至朴者石，至坚者玉。

手艺者，身非铁石，但坚韧；

心如草木，且诚朴。

朴而无华，坚而有灵，正是“草木本心”。

行走与爱

进了家门，所有的灯光亮了，擦去一个多月来的灰尘，一碗清粥，一份蔬菜，眼睛是温润的，心里是温暖和感动……回家的感觉，真好。

生命里多了很多的“行走”，便多出更多的离别、思念、不安和珍贵……在归去来中，将情感不断隐藏、释放，便懂得了更

多的珍贵在当下……

喜欢那些处在不同环境的“异地”生活的朋友，喜欢生命里有着执着追求的人。情感，经过了丰富感受的锤炼，热烈而敏感，沉稳而醇厚……就像陈年发酵的美酒，触动和吸引着味蕾。

情感，因行走而不断拉伸，便收获了坚韧与爱。

生命，因为沉浮、起落而丰富厚重，男人似海，女人如河。

取舍

这几年做了很多事，感悟也很多，凝集一下，仿佛真正的收获却是懂得了一个词语的含义——取舍，明白了自己想要的生活，懂得了如何去爱。

生命到了一定阶段，思维开始沉淀，逐渐感知前行的方向，慢慢思考人生的意义。经历了，感悟了，才渐渐明晰自己内心的喜好。这喜好无关外物，无关生存，无关他人的干扰。越长大，越发现，如果不舍弃那些不需要或者无关紧要的事情，自己就会陷入无可救药的奴役里，任由时间和无用的事占据、左右。

每个人都有自己的情绪地图，会在同一个时间指向同一个坐标。被坏情绪管理着，时刻处于烦躁的气氛，就不会收获真正的感知，劳碌也不会有太好的结果。

权衡情绪的取舍，贴近真实的内心，听见本心的声音，才能找到正确的方向。

爱也是在真正开始懂得取舍后，变得坚定而有力量。爱艺术也好，爱摄影、爱行走也好，或者爱一个人，也才有了根基，才能生发无形的力量，营造爱的磁场，让别人感知。

2017.09.15

人是一棵会行走的树

多年以前，我和一位北大的朋友策划过一个艺术写生巡展的项目，取了一个诗意的名字——“会走的树”。宣传文案也深刻而唯美：

智慧的人都像孩子，单纯而又深刻。

人如果仅是一棵树，生命的意象或许会更加单纯静美，可是人是一棵会行走的树，奔走飘移、播撒耕耘就注定因为分享而有了生的意义，不会在冠盖如云的都市中产生美的荒废和绝望……

“会走的树”艺术行走的理念符合当下人生存的意义，得到了很多朋友的支持。于是，“会走的树”第一站就走进了黄河发源地——山西碛口。我和七

位艺术家登上并住进了李家山，一车画材也随后送到。这是一个车子很难上去的古村落，连生活用水都需要去很远的地方挑。我们住窑洞式的民宅，一个有着七八间客房的大宅院。我和艺术家王淑芹老师就住在吴冠中先生曾经住过的一个窑洞式房间，白天面对黄土高原疯狂写生，半夜听呼呼的北风吹着窗框，发出寒冷的响声……然后我们天南海北地聊天，直到睁不开眼睛，一觉睡到大天亮。

艺术家们围观英国皇家水彩协会大卫主席现场写生

甘肃写生时本心和当地的孩子们合影

七天都没有水洗澡，洗脸水是店主人烧好灌进水壶里的，用时要很节约。

这个村子里仅有的男人是已经步入老年的一对光棍兄弟；还有这个依靠民宅经营店铺生意的女掌柜，老公长年外出打工，自己守着宅院照顾老人和做着接待艺术家写生食宿的生意；以及偶尔上山来的不知名的游客和所谓“知名人士”。这个偏僻的脱离了现代都市的村庄，因为人的行走、艺术的探寻而得以生存，形成故事……

“会走的树”第二站是 2013 年秋季我和北京的 5 位艺术家、甘肃艺术家及英国皇家水彩协会大卫主席一行 19 人的陇西 10 日之行。甘肃水彩协会主席王旻极先生是我的中央美院学友车俊英先生的老师，在他们的照顾安排下，我们有幸重拾了丝绸之路的遗韵。

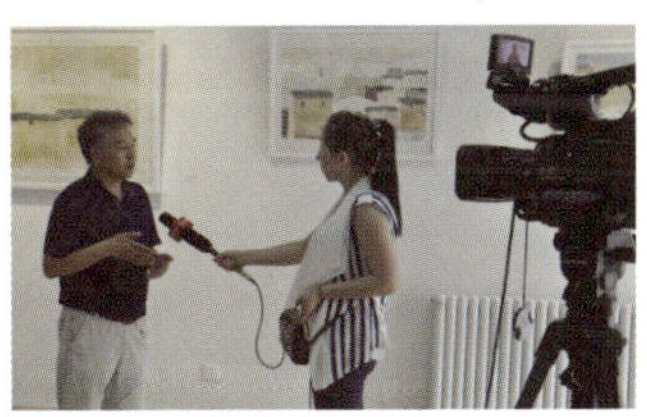

甘肃水彩协会主席王旻极先生接受采访

“会走的树”此行沿着渭水源亲，化马村、谢家村、陇西乐河村、和平乡、武上县、下河村等极具地域特色和原始风情的丝绸之路齐行，饱尝丰盛的历史故事和丝绸精神，以艺术为载体，传播美善和爱。

年过七旬、热爱中国文化的大卫主席

因为行走，情感和艺术得到了通融和延续，也收获了深厚的情谊。艺术也如生命一般，在行走中体悟丰满。

行走在一个人的生命里，有着不同凡响的意义，是一种精神，更是一种力量。即使久居一处，永不漂泊……因为行走，所以缘遇、生惜、自安、明心。

定义收获

什么是收获？收获，其实有很多种。比如感动，比如经历，比如时间碎片的整理。

一日，去看“真玉”元总的展览，见到了翟建民老师。做玉石之前我就喜欢看收藏栏目，所以经常在电视中看到他。那日他的讲演，豁达、智慧，阅历和专业的厚积在言行中清晰可见。

繁华的商业，让人有了不以物喜的从容。朝阳门悠唐还如八九年前的感觉，只是人更多了……去了民生银行，把多年以前工作时的一个工资卡消了户，工作人员态度很好，给了我 99 块钱。从此不再占用工作人员的服务，突然心里有种轻松。

开车回家的路上，感觉自己的内心就像孩子装玩具的抽屉，整理了一下，整洁很多。虽然早上带孩子培训，中午往返市区与

宋庄多次，却没有疲劳之感。

公婆时常寄东西过来，都是我喜欢吃的食物——小番茄、红薯、糖粘……从“遥远”的广东寄到京城，经常是邮费远远高于食物本身价格好多倍，带来的却是父母的爱与温暖。

还有一次，山西的好姐妹寄来当地的手工月饼，收到后一半都成了粉末，在那些碎末末里，我却尝到了别样的味道。

生活里打动内心的，往往正是这些看似细枝末节的日常琐事。较十年前努力扩大“实力”和笼络“物资”的自己，现在做减法的感觉才真是一种奢侈的享受……断舍离让我找到了简单的美好。

给加拿大师友做的一对“吉象”

亦师亦友

人生路上有两种老师。

一种是在某一方面有一定专业技能特长的，他超越你，可以给你分享，使你受益和提高；而另外一种，除了专业值得为师，还有非常珍贵的品德。亦师亦友，不可多得。

在我的艺术成长过程中，有很多关心和帮助过我的人。其中两位对我特别重要，不得不说一说。说重要，是因为他们艺术造诣深厚，为师而无须遵从，没有老师的“架子”和“权威”感，但却发自内心地令人敬仰。于我年长，待我如同兄友，真诚善待，关心分享人生感悟，彼此

深情厚谊。

《天心月圆砚》/《流云砚》

与胡雍老师的缘分源于多年以前的一场自驾旅行，就是《会走的夫妻树》讲述的那次西藏长旅，我和明子去安徽黄山见永和兄长，而认识的长发飘飘、文质彬彬的“年轻人”。说他年轻，是因为他的皮肤特别好，也许和黄山的自然气候有关，也许和他从事“艺术”文化的心境有关……真正可用“儒雅”来形容。后来得知他的歙砚艺术是中国砚雕届的翘楚，更是肃然起敬。胡雍老师话不多，但只要谈及艺术文化，他却很健谈。他对待自己的言行非常“严肃”，对听者是一种极有责任的“态度”。

每年，他都来北京，也都会安排时间来“看”我们夫妻。说来看，其实是来给我的阶段作品做一次全面的“体检”，从创意、表现到最后的完成等都给予非常认真和真诚的建议，不仅从雕刻的艺术视角可以看到我的不足，还能读懂我每个阶段的“好”。

懂，是一个非常深的境界。他在知懂我每个阶段的综合处境，

《清音》茶则 和田玉

加以对我的期许，而给予的非常客观可行的建议，令我受益匪浅。

其实，我内心对老师的概念是严肃的、崇高的。现在虽然社会上都称师，但却已不是传统意义上的老师。师者，必德、才、行兼备，方可为师。

艺术之路缘遇如此，我很幸运，也深怀感恩。在今年汉泽西活动时，胡兄特意从黄山赶来北京，他在活动现场的一席话，真诚中有赞许，对我是一种有力量的鼓励。

自古以来，蝉在人们心目中是一种神秘而圣洁的灵物。晋·郭

本心和胡雍兄、收藏家永和兄以及黄山屯溪区博物馆副馆长交流

璞有《蝉赞》云："虫之清洁，可贵惟蝉，潜蜕弃秽，饮露恒鲜。"是说蝉有出污秽而不染，吸晨露而洁净的天性。蝉从幼虫、蛹蜕变成长翅的成虫，因其整个生命历程象征着一种神奇的变化和再生，古今文人皆十分推崇。近几个月我一直认真学习胡兄做的"禅茶一味"系列茶则，"清音"和"含露"是这套有着四种不同颜色实用玉器的名字，我在它们的美和内涵中也见到了胡兄自己，那是他的"本心"。

认识高宏老师，是在我关闭了艺术馆，开始做草木本心艺术玉雕之后。偶然间与李洁姐姐认识，从她口中知道宋庄有一个"倔强""另类"的陕北画家——高宏，她的老公。记忆深刻，是因为他有很多"趣事"。

高宏老师不像一般的艺术家，他没有架子，但确实有性格。接触久了，可以深刻地感觉到他富有强烈辨识性的艺术作品和为人。他经常用艺术的角度去解读我做的玉，给我一些不一样的建议，使我在艺术探索和玉雕设计路途中体会到别样的感受和创作意义。

绘画中的高宏老师

高宏老师有个习惯，经常早晨起来读书、写字。写的内容就是自己的语言，像诗歌，又有不同，除了怀有艺术的诗情外，还有深度的人生思考。我读过很多他的文字，有时很难把他和这样的文字串联起来，但同时又觉得他理应如此。他身上充溢着英雄和柔情的双重血液，矛盾而融合。

2016 年高宏老师在给儿子的信中写道："儿子，一定要往前走，走好每一步，不要失去目标，目标在细节里。

你看到的别人也一定看到了，就看谁先行动。人生的路线途径不一，但目标是固定的，就是活出自己。人生永远是一部电影扭曲和拉直的关系，人生不变，但永远在更换导演和画面，只有懂得人生才会看到世界的全部……”

李姐在汉泽西活动专访文章的后记中写过一段话：“离开体制，我已是彻彻底底的家庭主妇了。在这十年里，我没有把自己变成‘保姆式的主妇’。现代婚姻很大程度上是一种资源的匹配，是夫妻双方力量的制约与平衡，从这个意义上讲，我想把家庭主妇活出另一番景象。在成全老公和儿子的同时不忘爱自己，不忘为自己增值。在浸润烟火满是琐碎的日常里，我们夫妻有争议、有分歧、有争吵，但不妨碍我们懂得彼此的好，并心甘情愿成就彼此的好。”内容虽简短，但很好地诠释了一对有思想的夫妻、一个文化艺术环境下的家庭充满智慧的生活状态。

艺术的呈现，其实是一个人的综合展现。今年年初由中国画院香山艺术中心逆势举办的高宏老师的水墨作品展“生命状态”，实际上是他的写照。在艺术市场如此低迷的环境下，首展全部作品被收藏。高宏老师的作品里所表达的那种生命的深厚与力量，就如他的人一样：鲜活的深刻。他的绘画刺痛你的眼睛，也打动着你的内心。

我也是高宏老师艺术作品的忠实喜爱者。我的工作室挂着高宏老师的两幅创作小稿，经常有朋友来喝茶，看到后非常喜爱，竟直接成为高宏老师新的收藏者。

资深艺术鉴赏家段泽明评价说：“高宏的画既继承了传统又画出现代的涂鸦感，就是创造；在文脉上范宽、黄宾虹、长安画派属一系，并且全面超越长安画派，属第三代长安画派的代表；最重要的是跟高宏相处后会发现他有才，不俗，真实；高宏的作品完整地体现了生存的力量，准确地诠释了生命。”

高宏老师夫妇有时来我工作室喝茶、晒太阳，给我讲艺术观点，有时也随手即兴画些小画。一次我给他看四岁女儿画的水壶，他很喜欢，当天即兴“临摹”起来，并在那幅画上署名写道：高宏，临摹小鱼儿画。

挂在本心玉书房的高宏老师的艺术小稿，成了一道独特的风景

有时，我看到墙上挂的画，就想起有一段时间李姐不在家时，高宏老师一个月只吃地里的黄瓜西红柿就粥喝的事。做饭对于高宏老师来说是比画画难 100 倍的事情，但那一个月却画出了 100 多张难得的绘画手稿。

对于高宏老师这样一位少有的艺术家，我已词语匮乏，还是让他自己的文字诠释吧。

站着搜寻一片未掉下的叶子，
满地是金
安慰我。
我是叶片下的天，
藏下光寻找明媚。

瘦身的树抖落风尘，
我与一株意气风发的芦苇
是荒野诗人，
矗立和摇晃都是游荡的我们。

我藏下风，
写下一条河的行程，

冬天，我满眼爱情
迟迟不说出幸福，

贞洁就是身后的泥土，
自嘲也许是河水白光的诳语，
谁不是寻找故乡踩下自己。

雄心患上孤独，
躬下身
安慰天涯的尘土
手捧蓝色的日子目送金光离去，
记下今日，
黑遍千山万水迎来明日。

留给时光

竹海风骨

当岁月流逝冲洗了青春的容颜
不经意堆积了情感和沧桑
当不再豪放地唱吟
独享深夜和雨打的午后
阳光只会照顾伤口
喝下去的水　都
长成了
筋骨硬朗的枝节
从此
爱和懂得
都是相依相契的岁月风骨

零度绽放

白荷香自苦寒

春花秋月尽然

多情自古多缠绵

不争

芳艳

飘雪、静夜

无声绽放

只留心中一点禅

十五前夜的月亮

一声尖锐的汽车鸣笛

强盗般划过

清晨灰蒙的天际

惊扰了熟睡婴儿快乐玩具的美梦

不知名的鸟儿

唧唧唧唧

声音断续敲打着窗户

眼神寻声的途中

恰一滴晨露滑落

于一朵昨夜悄然盛开的水仙

惊慌失措

再看

已不见吻痕

只暗香犹在……

凤舞

早就听到了一种旋律

冥冥之中

那个声音缓缓而来

低眉

似沉睡

似思索

卸去了外衣

仅有的只是那个坦荡荡的自己

放进了自然之地

不加语言

不加修饰

包裹紧锁 不是重生就是涅槃

放下执念，方得本心

郭沫若《残春》里写道：“我们对于生的执念，却是日深一日。”

执念，哲学上这样定义：“一个人过分专注于某事某物，长时间沦陷于某种情绪，这一情结就会成为有形，将之束缚住。”

经过这几年的安静思考和体悟，回想我当初做艺术馆，执念很深。其实我爱艺术，大家都看得到，也都明白。只是，我选择了一种我不能驾驭的方式，并且在一个不合适的时机，做了一件我仅仅喜爱的事。艺术馆的经营时间不长，但是我收获很大。我从心智的成长上经历了向往、坚持、孤独、挣扎和取舍。我的一些好朋友，看过我像模像样地做过很多期艺术展，出版艺术书籍，带艺术家去写生，找金融投行谈融资……我自己扛上了签约艺术家的生存和发展于我有责的大旗，上刀山、下火海、斩荆棘，在当代艺术低迷时勇敢进入艺术行业并且快速地成立了艺术馆团队……

当很多人还在给我叫好时，我其实已经开始走向了荒芜之地。我看不到未来，但我还在坚持。我把自己的坚持看成一种做事应该有的品质。艺术馆经营的艺术家都是我的好朋友，他们的艺术阶段我都懂得，我喜欢他们的艺术，也欣赏他们的为人。所以，艺术馆本身还渗透着赢利之外的情感和我的个人情怀。因而，即使在画展没有卖出画作的情况下，我还持续投入积蓄并积极寻求外界的融资，希望改变现状。

那时候，每次展览都很红火，但很少有人来买画。记得比较清楚的是，第一次“会走的树”艺术写生回来，做的也是第一个正式的展览，还是我先生出资收藏了几幅小画，那些平日热火的喜爱艺术的谈资，一个个都没有落到实处。艺术的理想和现实的水深火热逐渐凸显，几次下来，我先生已经看出来我选择了一条不归路……渐渐斑白的鬓角和日渐疲累的身体，还有遥遥无期的收益也都在暗示这个事实。而我还在坚持，执念于此。

挣扎随着艺术馆经营的困顿而进入执念的深处。内心有了纠结：我如此辛苦，家人为什么不理解我？比起艺术馆忙碌的经营，家庭里的失落更为内耗。这时候，很多好朋友来看我，都渐渐改变了态度，从一开始的大力支持到劝我关闭艺术馆。好友丽云后来见过我后发微信写道：“本心，仁善美艺，久不见，想念；见了，

酸喜……”一句“酸喜”，道出了我在友人眼中的处境。

纠结在一次看似简单的事情里打开了悟。

有一次，我来到先生的公司，后院很大，除了食堂做饭什么的，很多房间都空着。我原来有空时经常来画画，经营艺术馆后，一直忙碌没有过来。满院荒凉，杂草丛生，有一种“庭院深深”的落寞。我在这个后院安静地思考了一个下午，和自己的那个执念抗争了一个下午……

艺术是一生要做的事，何必执着于一时？！回归本位，方明心见性。

精神探寻的理想与现实生活的碰撞，过程里有成长，有挫折，有觉悟……将自己对艺术的爱融入生活，我找到了草木本心，也有了草木本心玉遇的缘起。

《修行人》系列

幸福只在方寸之间

文/乔彦鹏　《天工》杂志

午后温暖的阳光，透过明亮的玻璃窗，洒落在木制的茶几上。杯中的清茶，飘起了阵阵氤氲。曼妙的曲调中，本心宁静地坐于榻上，双眸盯着手中的一块原石，凝神思索。这一刻，仿佛时光凝滞，停留在她脸颊淡淡的微笑上。

这里是本心的工作室。与很多玉雕师喜欢把自己的工作室放在古玩城、写字楼中不同，本心的工作室在京郊一座院子的后院里。翠竹紫蕊环绕，朱亭青石相伴，一方小小的池塘中，是慵懒的睡莲和自在的游鱼，宁静而恬淡。

本心是个奇女子。她的人生正如她的名字一般，顺其本心而为，不刻意去追逐什么，但却丰富多彩。

本心曾写过一本书——《会走的夫妻树》，记录了她和先生

自驾去西藏的经历与感悟。在三十多天的时间里，他们走过了万里路，穿越了大半个中国。本心把自己见过的山川河流、乡村小镇、风土人情、天路美景，把自己的所思、所想、所悟，把自己与先生的爱，全都凝聚其中。这本书，让许多读者恨不得也能立刻来一场说走就走的旅行。或许，正是这一场朝圣之旅，带给本心对人生认识的升华。从西藏归来，本心毅然辞去了文化公司高管的职位，开始追寻自己的艺术梦。

初时，本心倾心于绘画，这也是她从小的爱好。她曾经利用一切业余的时间废寝忘食地学习油画。辞职之后，她专心作画，开艺术馆、办画展，没白天没黑夜，想要把过去“浪费”的时间都弥补回来。但当她在绘画上付出了大量的时间和精力之后，她却蓦然发现，这种快节奏的生活，甚至挤压了她与孩子、先生在一起的时间，使她疲惫不堪。

于是，在将先生公司的后院精心打理成自己的工作室之后，本心发现了新的生活方向——雕刻。

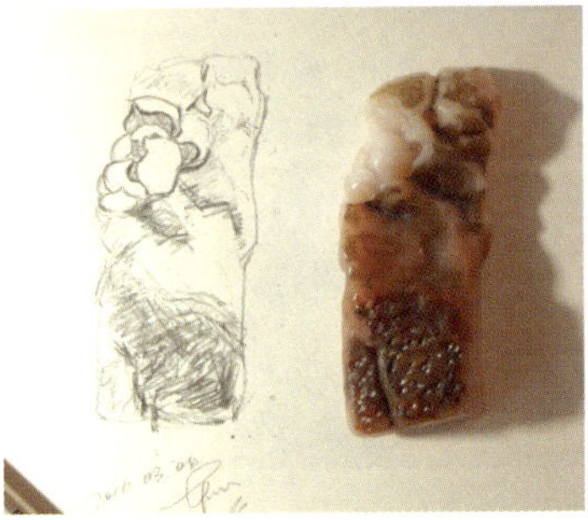

本心其实很早就与石头结缘，外出旅行之时，她与先生常常把当地的石头作为纪念带回来，也曾尝试着雕刻一些小东西，倾注

自己满满的爱意送给女儿和先生。真正浸润于玉雕之后，玉雕中蕴涵的传统文化底蕴和古老技艺传承，让本心感到终于找到了自己的艺术之路，并且一发而不可收。

观本心的玉雕作品，常常有耳目一新的感觉，题材与传统多有不同，风格素净简雅，没有繁复的雕工，简单的线条展现所雕之物的本质，同时又倾注着她对生活的感悟。

随心随性，这或许是本心雕刻的特点。她不追求大而全，而是选择一个片段，放大一个局部，展示一种风骨，传递一点体悟。《简素·布衣》中的女式布衣，突显的是竖起的领口和简单的盘扣，没有衣袖，却用柔和的线条突显了布衣轻柔，简约素雅。《竹海·风骨》中两根虬曲的竹节缠绕在一起，仅仅是短短的几段竹节，却把翠竹弯而不折、柔中有刚、竹节毕露、高风亮节的特点展现得淋漓尽致。

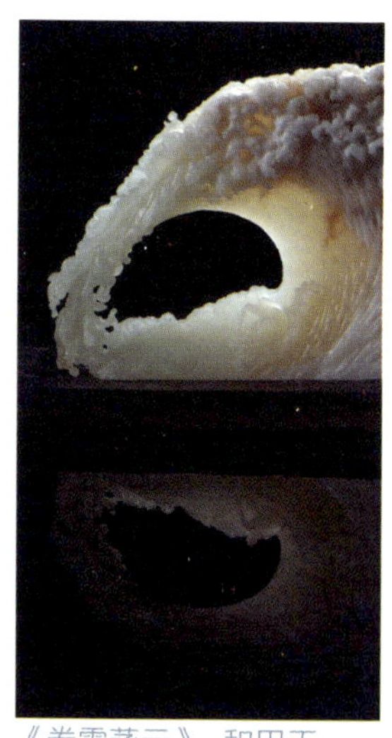
《卷雪蒸云》 和田玉

本心认为，不管是草木还是玉石，皆有本心，玉雕过程中需要顺其天性，方可将玉石的天然特性与玉雕师的巧妙设计、精湛技巧完美结合在一起。《自在观音》中菩萨的慈祥庄重，《神话》中将军

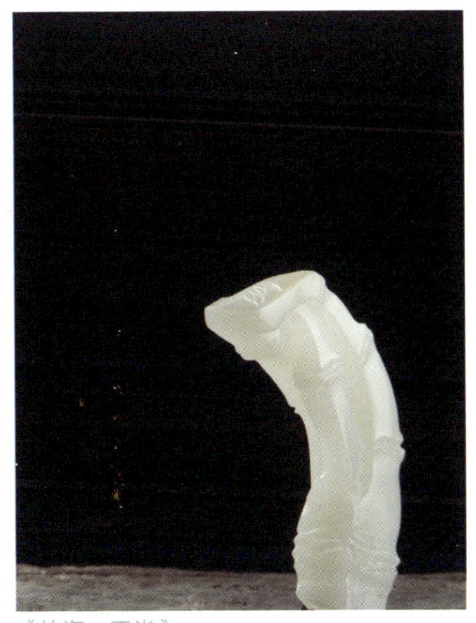

《竹海 · 玉尚》

的威严沧桑、《相声演员》中笑星的夸张表情，都是利用玉石的天然纹理和颜色变化，突显雕刻对象的特点，让人过目不忘。

本心雕刻时不刻意追求手法，她只雕自己心中的意境。如《云根出函》中蒸腾的云气，如《卷雪蒸云》中翻滚的云海，很难想象，一位如此优雅的女子心中竟有如此的气势与胸怀。

几经磨砺，现在的本心对待工作与生活已经有了自己的了悟。对生活的热爱、对女儿与先生的挚爱，是她艺术之路上前行的动力。她常常把对爱情、对亲情的感悟渗透在玉雕作品中，无论是《伴君如兰》传递的挚爱真情，还是《爱的守护》传递的大爱亲情，都让她的玉雕有了温情。

对于本心来说，前行的路上，有家人相伴才有意义，而幸福只在方寸之间。

整理这个书稿时，恰逢我和胡雍兄长正在合力制作一个组合式玉雕作品。作品有个有意思的名字——《王夏 · 玉尚》。我琢磨着这本书完成时，也将正好迎来草木本心艺术新视角，索性后记就取这个名字。

本着海边拾贝的感受，将艺术的探索经历、人与事，以及一些真诚的感悟梳理出来与大家分享，因而有了《玉遇汉泽西》，《会走的夫妻树》的续缘和新耕。

2014 年 5 月清华大学出版社出版了我和先生自驾西藏及穿行部分中国经历的心灵游记书《会走的夫妻树》，并因此与粲娉女士结下了慰藉我不断文字耕耘的渊缘。

其实说起来，写文字的爱好是我从高中就有的，我曾经比较“老成”地写过《夕阳红》诗歌，被校长在操场上大声朗读。因为爷爷奶奶给我的爱很多，所以那时的感悟就是真心赞美他们。

整理《会走的夫妻树》稿子时，作家陈援老师觉得我的文字不像一般的文学书籍，更像一种博客体，但他还是坚信我的书稿有质量。最后燊娉女士接受了我的书稿，也给了我很多鼓励，虽然从畅销的角度没有达到预想，但却带给我很多知懂的好朋友，以及一些成长的思考。

近几年做“草木本心”艺术玉雕工作室，我依然将文字赋予我的力量和感悟进行了记录，并慢慢整理出“玉遇”的艺术图文集来和好朋友们分享，提供给我们一种静默对话的读享方式，更有了今日再次诠释艺术历程、携文字行走的丰富经历，不但带给我许多因玉而来的美好又动人的故事，也带来了与更多好朋友相遇的新机缘。

特别喜欢一个好朋友做的公众号：拾花间。她很用心地做每期的艺术家专访文章，并配有好看的图片。这是一种简单有爱的分享方式，让别人舒服且接受起来自由。我一直觉得生活就是拾花，剥除荆棘，找到馨香的花瓣和嫩芽，温暖自己也温暖身边的人。于是，生活的亮点和感动便渐次增多。

到了中年，感悟是一种有质量的收获。记得有位老师曾说我像一个太阳。我当时不明所以。他告诉我：“太阳总是照亮别人……”真诚善待结下如此多的好朋友，因为生活的独立和爱的分享而彼此照亮，这是一种恩赐，于我，要心存敬意和知懂感恩！

《会走的夫妻树》的顺利出版，除了燊娉女士，我的好朋友出版人曹英姿女士、已故的值得尊敬的作家陈援先生等都给了我很多很多的支持。《玉遇汉泽西》，同样得到了中国妇女杂志社苏容女士、艺术家高宏先生、北京爱的分贝公益基金会秘书长王娟女士、北京对外友好交流协会王水霞会长、兰州艺术家车俊英先生以及汉泽西好友张东梅女士、我的伙伴迟晓等诸多好朋友的倾情相待，在此一并表示感谢！

人生的际遇其实就是如此，作足了准备，就会在合适的时间遇见对的人。做玉雕如此，写字出书如此，做人更是如此。“王夏·玉尚”是一个作品的名字，其实也是一个全新的艺术状态，一种人生状态，做到哪一步都是自然而然呈现所得。

人生如一场旅行，玉遇有缘人，同经风雨、共赏繁华。愿我和燊娉女士再次知懂玉遇的文字，除了温暖自己，也能带给玉遇有缘的好朋友们未来更多美好的回忆。

本　心

戊戌金狗年敬笔写在除夕